希望ふたたび

阪神・淡路大震災で逝った息子の
ただ1通の手紙から

加藤りつこ

解放出版社

まえがき

はじめて我が子を胸に抱いた日、私の命は子どもを守るための命に変わりました。

やがて二〇歳を迎えた息子を見て、これからは彼自身が責任を持って生きてくれることを願い、私はその両肩の荷を降ろし始めていましたが、すべて降ろし終える日を待てず彼は突然天国へ旅立ってしまいました。目標を失った私の命は、よどみに浮かぶ病葉《わくらば》のようでした。

生きていれば誰でも当たり前に持てるものと思っていた「希望」。それを取り戻すことがこんなに難しいものだと知ったのは、かけがえのない我が子を亡くしたあの日からでした。

一九九五年一月一七日午前五時四六分に発生した阪神・淡路大震災。冷たい闇の中で二一年の人生を閉じた息子。

我が子を亡くし、未来への道を見失った私が再び希望を取り戻せたのは、息子が遺してくれた生涯ただ一通の手紙がつないでくれた、多くの出会いがあったからでした。

しかし、今から三、四年前までの私は、その出会いのひとこまが大きな喜びであっても、心の中には、慟哭《どうこく》という消すに消せない強烈な感情がはびこっていて、喜びと同時に悲しみがわきあがります。どんなにすばらしい出会いをいただいても、通り過ぎれば絶望の淵へ戻ってしまいました。

出口の見えない暗闇であえぎ苦しみながら生かされるのは、精神的に耐えがたい日々でした。それでも容赦なく出会いは次々と私の前に現れては、喜びと悲しみを置き土産に去っていきました。

こうして、二〇年という歳月を重ねてきましたが、刹那《せつな》的なものだと思っていた出会いが、数年、数十年後に、より強い絆《きずな》となって再び巡り合うこともありました。

生きていてよかった。今、心からそう思えます。

暗闇に射すかすかな明かりに導かれ、再び希望をいただいた私の軌跡が、あなたの心へつながり結ばれますようにと願っています。

加藤りつこ

希望ふたたび　阪神・淡路大震災で逝った息子のただ1通の手紙から　もくじ

第三章　高校から大学　43

第四章　慟哭の始まり——阪神・淡路大震災　86

第七章　今も続く心の支え　155

第八章　雪解けの季節　215

第一部

加藤貴光の生と死

中扉写真：日本国際学生協会（ＩＳＡ）の仲間たち。亡くなる二二日前の貴光（前列中央）

第一章　誕生から幼児期

生まれてきてくれて、ありがとう

一九七三年一二月二〇日。寒い朝でした。

三七〇〇グラムの大きな男の子が、元気な産声とともにこの世に誕生し、私に「母」としての貴い使命を与えてくれました。

初めて両腕に抱いたときのふわふわで温かい皮膚やタンポポの綿毛のような柔らかい髪の毛、小さな小さな唇、モミジの若芽のような両手など、体のすべてが縮小された一人の人間として、私の目の前に現れてくれたことに感謝し、分娩室を退室するまで涙が乾きませんでした。

「おめでとうございます。お疲れさまでした。ママとボクの涙の初デュエットね」

助産師さんがほほ笑みながら語りかけてくださった声が、四〇年経った今もはっきりよみがえります。

私がこれほど強く命の貴さを実感したことには深い理由がありました。

実は、妊娠三カ月目のある日の夕食後、突然大出血しました。大阪の柏原市民病院で診察の結果、母子ともにたいへん危険な状態だということで即入院、一カ月絶対安静で治療の末、奇跡的に命をつなぎ、無事出産に至ったという経緯があったからでした。

もしあのとき流産していたら、腕に抱いたこの重みも感じることはできなかったと思うと、生命の神秘やいとおしさに涙ぐむ日も多々ありました。

「私のもとへ生まれてきてくれてありがとう」

「貴い命、輝く命、この命をありがとう」

そんな思いをこめて「貴光」と命名しました。

貴光は、加藤家にとっても、私の実家にとっても、初孫、初めての甥として私たち家族の寵愛を一身に受けて育った子でした。

夫の実家である大阪で生まれた貴光は、同居していた義母や義妹に、「たかちゃん、たかちゃん」と家族の中心に置かれ愛されました。

義父は誕生の前年に他界しており、小さな命は家族を失った寂しい心に灯をともしてくれました。

また、貴光が生まれた年、広島の実家では、私の父が体調を崩し入院しました。父はその年から心臓病が悪化し、その後入退院を繰り返すことになりました。


一九四五年八月六日、広島に原子爆弾が投下され、多くの犠牲者を出しました。

当時、陸軍にいた父の実弟も、爆心地の周辺でその犠牲者の一人となり、頑強だった二三歳の体は、一瞬にして熱線とともに消えてしまいました。

新型爆弾を撃ち込まれ、広島が火の海だという情報が入り、偶然にも体調を崩し帰郷していた父は、それが原子爆弾であることも知らず、数日後に自宅から約三〇キロほどの道のりを歩き、広島駅から基町《もとまち》あたりへ弟を探しに行きました。

焦土と化した真夏の広島を、弟の無事を願いながら探し歩く父の気持ちを想像するたびに、胸が張り裂けるような痛みに襲われます。

祖母から聞いた話ですが、父は一日中探し回っても弟を見つけることができなかった悲しみや怒りに、憔悴《しょうすい》しきった表情で帰宅しましたが、顔は真っ赤に腫れ発熱し、そのまま倒れこんだそうです。

数日間寝込んで回復すると、再び手がかりを求めて探したそうですが、遺品すら出てきませんでした。

父は後に入市被ばくの認定を受けることになり、被ばく者手帳も持っていました。

その後結婚して私が生まれました。父は若いころから病弱でしたが、私が結婚するまでは大病もせず、公務員として働いていました。

その父が、初孫が生まれる年に、胃潰瘍と心不全で倒れたのです。

当時、私は切迫流産で入院していました。広島の実家では、父の入院で騒動していたようですが、私には一切報告はなく、ひたすら無事出産できるよう祈ってくれていたようです。

そして、初孫が生まれたのですから、両家の家族は宝物のように貴光を愛してくれました。それをありがたく思っていた私でしたが、全員でちやほやと甘やかしてはいけないとも思っていました。しかし、家族の心情を思えば、それを伝えることはできませんでした。

叱る役割は母親である私が引き受けよう。それが一番有効的だと私は密かに考えていました。

子どもはみんな無条件でお母さんが大好きです。

母親のお腹の中にいたことも、お乳を含ませてもらったことも、私たちの記憶にはありませんが、遺伝子にはしっかり刻まれているのでしょう。

子育ての日々

生まれてきてくれたわが子へのいとしさは日ごと増すばかりでした。目に入れても痛くないとはこの感情だったのかということを知りました。

かわいくてかわいくてたまらない子だからこそ、一歩引いて客観視することも必要です。

「おかあさんはやさしくてだいすき。だけどおこるとこわいぞ」と思ってくれるよう、毅然とした愛し方を模索する毎日でした。

貴光は、言葉を覚えるのがとても早い子でした。

やっと、つかまり立ちができるようになったころ、テレビのニュースを指さして、「エビチ（ABCニュース）」とか、天気予報が大好きで、画面に映った日本地図を指さして「アメ、アメ」と教えてくれるようになりました。どんなに泣いていても天気予報とニュースが始まると、ピタッと泣き止みました。

最初に覚えた言葉は、「マンマ」でしたが、その次に覚えたのが、「ABC」と「雨」でした。

人間が最初に興味を持つものは、生来それぞれのDNAに組み込まれているのでしょうか。

そんな気がするのは、小学校へ通う年齢になったころ、貴光は、英語と社会科に対して、特別な関心を示すようになったからです。

「この子はどんなことに興味を持つのだろう」と、二歳になったころ、一二ジャンルに分類された『こども百科事典』を購入しました。

10カ月

当時の夫の月収の二分の一くらいに相当する価格だったと思います。きれいな写真で構成され、子どもが興味を引くような一二冊の事典でした。毎日貴光を膝に乗せて二人で全巻読みました。

絵本も当時から読んでいましたが、貴光が本棚に並んでいるどの本を頻繁に取り出してくるかを観察すると、百科事典の「英語」と「社会科」が群を抜いていたことに驚きました。

そこで、私は、あえて豊かな表現で絵本の読み聞かせを始めました。心を育てなければならないと思ったからでした。

また歌が大好きだった私は、唱歌やわらべうた、童謡などを歌いながら、その情景を子どもに理解できるように、物語風にアレンジしながら語りました。これは、私自身がとても楽しんで付き合えたことで継続でき、子どもも楽しめたのではないかと思います。

三歳までは自宅で家族に愛され元気に育ちました。近所の子たちともすぐ仲良くなり、ほかの子に暴力をふるうこともなく、おもちゃも、「貸して！」と言われれば、「うん、いいよ」と譲る子でした。自分の思い通りにならなくて、座り込んで泣きわめいたことは一度もありません。きょうだいがいないので競争心がないからなのかと心配になり始め、私が競争相手になってみようと、さまざまな状況で試みましたが、どの方法も通用しませんでした。

「たかちゃん！　そのおやつお母さんにもちょうだい！」

　小さなケーキをお皿に入れて食べようとする貴光に、横から私がそのケーキを指さし欲しがると、「うん、はんぶっこ」と言って差し出すのです。私は心の中で「もういいよ……」と譲ってしまいそうでしたが、心を鬼にして、「うれし～い！　ありがとう！　はんぶっこしようね」と半分に切りました。大人の一口くらいのサイズになってしまうのに、「お母さんに大きいほうをくれる？」とさらに試してみると、それでも「うん、いいよ」と譲ってくれるのです。

　優しく、我慢強い性格は、心の広さにもつながりますが、他者の意見に流されてしまう人間になるのではないかと、私は心配でもありました。

　精神が自立した人間になってくれますように。三歳ごろからそれを意識した子育てを心がけました。できるだけ、親が先走らないで子どもに考えさせ、行動させるように気をつけよう。少しずつ手を放していくように努めました。

大の仲良しと幼稚園へ

一九七八年四月、貴光は四歳四カ月で二年保育の私立幼稚園へ入園しました。

近所にいた大の仲良しさんだったまゆみちゃんが、その幼稚園へ入園することをお母さんから聞いて、二人一緒に送迎バスで通園できると心強いかなと親同士が決めた幼稚園でした。

初めて親元を離れて幼稚園という集団生活に入った貴光は毎日、まゆみちゃんに手をつないでもらって、出かけました。

親もバス停（徒歩二、三分程度）まで一緒に行って見送りましたが、バスに乗り込みしばらくすると、貴光はポケットからハンカチを出して、涙をぬぐっていました。大声で泣き出すわけでもなく、そっと忍び泣き（？）なのです。

隣で小さなまゆみちゃんが、体の大きな貴光の肩を抱いて慰めてくれていました。

教室に着くと、毎日、必ず窓の外を見つめながら、ぽろぽろ涙を流していたそうです。

担任の岡下先生が報告してくださいました。「貴光くんは、毎日、『せんせい、おはようございます』『みなさんおはようございます』のごあいさつをして着席した後、一〇分くらいお外を見つめながら、涙を流します。『お母さんを思い出したの?』と聞くと、こっくりうなずくんですよ。しばらくハラハラと涙を流したら元気になるんです。声もたてず泣くので私のほうが切なくなるんですよ」と。

きっと、初めての環境で不安を抱え、緊張感があったのでしょう。それを知るとかわいそうでしたが、これを乗り越えてこそ成長があるのだと、私もグッとこらえて見守りました。

「ただいま〜!」と、瞳を輝かせ喜び勇んで送迎バスから降りてくる貴光を迎えるとき、私もまたたいへん感動して、「今日もよく頑張ったね! おりこうさんだったね!」と感涙しながら抱きしめたものです。生まれてまだ四年四カ月しかこの世の空気を吸っていない幼い子どもの、「今しかない、この瞬間」です。

あの日いとおしく抱きしめたあの子の温もりは、今でもしっかりこの両腕、この胸にしみこんでいます。

そんな気の弱い貴光でしたが、責任感の強い子に育っていきました。与えられたことは誠実にやり遂げること、人に迷惑をかけないことなどを貴光と約束していました。それが良かったのか悪かったのかは分かりませんが、何事にも一生懸命でした。先生の言われることも忠実に守る子でした。気が弱く、我慢強い子でしたから、幼稚園での生活に慣れるまで気を遣い、たいへん疲れていたのではないかと思います。

入園した四月、貴光は高熱にうなされ入院しました。肺炎と診断され、おまけに小児ぜんそくがあるとも言われ心配でした。一〇日間ほどで退院できましたが、一〇月の運動会の前に、また入院してしまいました。年に二回も肺炎で入院するなんて、健康優良児だった私には、信じられない出来事でした。健康で元気な子に育ってくれますようにと祈る思いでした。

何とか年長組へ進級できた一九七九年四月、私の体に異変が生じました。もしかしたら第二子がやってきてくれたのか？　と病院で診察を受けると、やはり予想は当たっていました。「貴光にきょうだいができる」。

しかし、そのときの私には、喜びとともに寂しい風が一瞬胸をよぎったのでした。「貴光一人に注いでいた愛情が二分される……」。ほんの一瞬かすめた気持ちだったのですが、お腹の中で一生懸命私にすがりついているまだ見ぬわが子を思うと、申し訳ない気持ちにさいなまれ、誰にも打ち明けることができませんでした。

それより、これからは、きょうだいで心を支え合って生きてくれることを願い幸せな日々を過ごしていました。

ところが、六月になって微量の出血があり、医師から「流産」という残酷な宣告がありました。手術が終わり病室のベッドに横たえられていた私は、亡き子への懺悔の気持ちで胸が張り裂けそうでした。この子が宿ったときに、一瞬ではありましたが、「寂しさ」が胸をよぎったことは、親として失格だったと自分を責めました。

そのとき、幼稚園の年長組に進級した貴光が、義母に手を引かれお見舞いに来てくれたのでした。私はこらえていた思いが一気に溢れ、「たかちゃん……ごめんね……」と泣き出してしまいました。心配そうな貴光の目が今でもはっきりよみがえります。あのときの私の涙は、その後も貴光の心から消えることのない疑問として残り続けていたようです。

貴光が幼稚園の生活にも慣れ、楽しく通園して二年目の卒園式を目前に控えた一九八〇年二月に、突然夫の異動が決まり、貴光の卒園式を待って転居するか、卒園式の前に転居するか私たちはたいへん迷いました。結局、卒園式前の二月二五日に転居することを決めて引っ越しの準備を始めました。その転居先が広島だったのです。

大阪と広島では言葉の違いがあって、気の弱い貴光はいじめられるのではないかと心配でした。小学校に入学するまでに、近所の子どもたちと接する時間を少しでも多くとってやりたいと思いました。

小児ぜんそくを持っている貴光が、自然の中でいい空気に包まれて育つようにと、不便でも環境のよい郊外の一戸建て住宅に入居しました。

第二章　小学校から中学校

「アカンタレ坊や」返上

広島市立口田《くちた》東《ひがし》小学校へ入学したのが一九八〇年の四月、桜が満開の華やいだ日に、心躍らせて校門をくぐりました。

近所に同級生のお友達がたくさんいて、転居して一カ月で仲良くなれたようでした。心配していた言葉の壁もすぐ乗り越えて、広島弁をしっかりマスターしていました。

しかし、不思議な現象がありました。家の玄関ドアを開けて、一歩入ると大阪弁がしゃべれない私のために標準語。おばあちゃんには大阪弁。外で友達と一緒にいるときは広島弁。広島弁は一カ月で「ネイティブなまりお見事!」としか言いようのないマスターぶりでした。

「そんなんあかんで」だった言葉が、広島の空気を吸っただけで、「そりゃあいけんで」なのですから、たいへん驚きました。と同時に、成長したなあと頼もしくもあり、ほほ笑ましくもあり、子どもの成長の速さや柔軟さには目を見張るものがありました。

幼稚園までの貴光の性格は、ただ優しいだけの「アカンタレ坊や」でした。人の言いなりになって、自分の意思を伝えることのできない人間ではいけないと思い、小学生になってからは、いくつか約束事を決め精神の自立を促すことを模索しました。

「明日学校で必要なものは、自分でそろえること」「お母さんは、学校で習ったことを忘れてしまったから、もう一度お勉強したいの。たかちゃんが毎日お勉強してきたことや宿題の問題をお母さんに教えてくれる？　分からないことがあったら、先生に聞いてきてね。一生懸命お勉強するから。たかちゃん先生！　よろしくお願いします」と言うと、うれしそうに笑いながら、「うん！　いいよ！」と受けてくれました。

それからは、毎日私に教えてくれました。正直、私にはたいへんな日もありましたが、音を上げることはできません。貴光も約束だから投げ出すこともできずたいへんだったでしょうが、頑張ってくれました。

一学期が始まって数カ月経ったころ、学校から帰ってきた貴光が、「お友達が英語教室に通っているからぼくも行きたい」と言ってきました。

「その英語教室ってどこにあるの?」と聞くと、「岩の上（同じ町内の地名）」と即答しました。お友達に教えてもらったというのです。私は、読み書きを主にお勉強するのであれば行かせたくないと思っていたので、貴光が学校から帰ってから一緒に授業見学させていただきました。

旺文社LL英語教室という当時全国展開していた教室でした。先生は大歓迎してくださり、二〇人ほどの生徒たちと一緒に机に着き、体験授業を受けました。当時は各机に発音を聞けるLL機器が設置してあり、ヘッドホンを付けてのヒアリングでした。

貴光は、それが大そう気に入って、「LL英語教室に行きたい!」と懇願しました。その姿を見ながら、私はつかまり立ちを始めたころの貴光を思い出していました。「ABCニュース」を見て、どの言葉より早く覚えた「エビチ」。大きくなって英語が好きになることを暗示していたのだろうか? そんなことまで考えてしまうほど、英語教室が大好きな子でした。

二歳ごろから『こども百科事典』で英語の単語をたくさん覚えていた貴光は、入校が他の生徒より遅れていても対等に学べたようで、たいへん楽しそうに瞳を輝かせて一時間の体験授業を受けました。その場で入校手続きをして帰りました。

また、担当の先生が人間的にもたいへんすてきな先生だったことや、ご自宅が近所であったことも、貴光にとっては喜びの一つであったようでした。その日から学校以外の新しい世界が広がり、貴光は広島が大好きになっていったのでした。

この旺文社LL英語教室では、年に一度ジュニア・スピーチ・コンテストがありました。小学生は、レシテーション（暗唱）でアンデルセン童話の中からいくつか課題文を提示され、エントリーする子たちは、自分が好きな物語を暗唱し、発音、声の出し方や表現力、芸術性などを競い合うのです。

小学１年生（中央）

貴光は「ハンスの物語（アンデルセン物語）」を選んできました。広島大学の教授と外国人講師、フタバ図書の社長の三名によって審査されました。学び始めてやっと一年という貴光は、最年少スピーカーでしたが、広島市内の全教室選抜予選で優勝し、中国地区予選に出場することになりました。もう無理だと期待はしていなかったのですが、終わってみれば「中国地区の優勝者」となりました。

「加藤君はどこか外国に住んだことがあるのですか？」という質問がありました。「あなたの発音はなまりがなくきれいです。アナウンサーのような標準語なんです。表現力も豊かでした」という外国人審査員の講評に驚きました。

そして、全国大会へ出場するために東京へ行きました。小学二年生はたった一人で上級生ばかり。全国から選ばれた子どもたちはどの子もすばらしいスピーチをしました。貴光も緊張はしていましたが、いつも通りのスピーチで、私たちの緊張をほぐしてくれました。入賞は四位までで、貴光は五位という成績で終わりました。ステージの演台から顔が出なくて、踏み台の上に立ってスピーチする姿が、今でも瞼の裏に焼き付いています。

小学校二年生の彼は、このことでますます学ぶ喜びを得たのでした。そして、これが自信につながり「アカンタレ坊や」を返上していったのでした。

また、幼いころに大好きだった「天気予報の地図」への関心が、本格的な興味へと進展しました。夏休みの宿題の一つである工作には、小学二年生のころから毎年、日本地図や世界地図を作るようになりました。

貴光が三歳のころ、同居していた義妹（貴光の叔母）が、誕生日のお祝いにと、立派な木製の日本地図パズルを買ってくれました。都道府県の一つひとつがピースになっていて、裏に都道府県名が書いてある優れものでした。ピースを取り上げては、「これはどこですか？」と質問するとパーフェクトに答えられるようになっていきました。

その都度、私はうれしくて「たかちゃん！　すご〜い！　お母さんは分からないわ」とオーバーに感動するものですから、私の手が空くのを見計らっては、そのパズルを持って来て、遊ぼう、遊ぼうとせがむようになりました。

そのころの喜びは、後にもしっかり脳に記憶されていたのではないかと思われます。社会科と英語は特別成績の良い科目で、得意学科となったようです。「三つ子の魂百まで」とはよく言ったものです。「お母さんが知らないことをボクが教えてあげた」という喜びの積み重ねが、自己を高める（学ぶ）方向付けになるのではないかと感じたのが三歳のころでした。

その経験にもとづいて、小学校入学時に貴光を「先生」と呼び、「お母さんにお勉強を教えてほしい」と約束したのでした。「もっとお勉強しなさい」「あれもしなさい」「これもしなさい」と言うより、子どもには効果があるのではないかと思ったのです。子どもも人間です。尊重されていると感じたら、やる気スイッチはオンになるでしょう。

赤ペンの力

小学校時代は一度も、「お勉強しなさい」「宿題しなさい」と言ったことはありませんでした。友達と裏山へ行き、基地を作る遊びに興じて、宿題が後回しになり、睡魔に負けそのまま寝てしまって、翌日先生に叱られたことが幾度かありました。

私は新学期の懇談のときには、いつも先生にお願いしました。「忘れ物があったりいけないことをしたときは、しっかり叱ってください」と。

失敗したり叱られたりしなければ、真の理解は得られないと思ったからでした。子どもが悲しい思いをしないように、嫌な思いをしないようにと、子どもが歩こうとする道の石ころを親が取り除いてやることは絶対してはいけないと自分自身に言い聞かせていましたが、これも忍耐のいることでした。

あるとき、学校から帰った貴光がいきなり泣き出しました。理由を聞くと、友達が騒いで机の上の墨汁を床にこぼし、先生に見つからないよう素早く逃げたそうです。貴光は一人逃げなかったために、先生にひどく叱られたそうです。

「何してるの！　早く拭きなさい！」といきなり怒られて、一人できれいに拭き取って帰ったのでした。「ぼくがやったんじゃないのに先生はひどく怒った……」と泣きました。

先生に理由を言うことができなかったことで自尊心を傷つけられ、悔しかったのでしょう。「たかちゃんはどうしてほしかったの？」と尋ねたら「先生がどうして墨汁がこぼれたのか聞いてほしかった」と言いました。「そうか、そのときに言えなかったことがそんなに悲しいんだったら、『生活ノート（先生と毎日交信するノート）』に、たかちゃんの気持ちを書いたらいいんじゃないの？　たかちゃんは作文が得意だからきっと先生に伝わるように書けると思うよ」と言うと、やっと泣き止み書き始めました。

翌日、先生から返ってきたノートには、赤ペンでびっしりお返事が書いてありました。「きのうは、りゆうもきかないで、いきなり加藤くんをおこってごめんなさいね。たいへんわるいことをしました。でも、加藤くんもりゆうをはっきり伝えたらよかったのにと先生は思います。これからは、その場ではっきりいけんをいえる人になってね」

大人にすれば何でもないことでも、子どもの心は純粋だから、傷つきやすいのです。しかし、子どもが納得できる解決をしてやれば、このようなミスを経験できたことで、大きな糧になると私は内心喜んでいました。その後の先生のフォローに感謝しました。子どもに自分の非を認め謝り「その場で、はっきり意見の言える人になってね」という先生の、赤い文字での一言は、その後の彼の生き方に多大な影響を及ぼしたようです。人に何を言われても反発できない。喧嘩もできない。人の言いなりになって行動する。そんな弱虫たかちゃんが高校生になると別人のようにたくましく「NO」が言える人間になれたのも、このときの、先生の「赤ペン」のおかげだと、私は確信しています。

かわいい子どもが転ぶのを分かっていて、グッと我慢するのはつらいものですが、命に関わるような出来事以外はたくさん体験し、その痛みによって考えたこと、感じたことを、しっかり記憶のひだに刻んでくれることを願っていました。

祖母への優しさ

こうして私たち家族は、順調に日々を過ごしていましたが、貴光が三年生の夏休みに、突然義母がうつ病に見舞われ、寝たきりで起き上がることができなくなりました。

一九八二年の夏のことでした。第一子を出産するので手伝いに来てほしいという大阪の義妹の願いを受けて、義母は少し早めに一人で、娘の待つ大阪へ行きました。

虚弱体質だった義母が一人で手伝いに行って大丈夫だろうかと心配で、広島で出産したほうがいいのではないかと、義妹に再三提案しましたが、どうしても大阪で出産したいという彼女の希望で、義母一人での上阪となったのでした。

七月末に出産が無事終わり、退院した八月上旬に、突然彼女が悲痛な声で電話してきました。「お母さんの様子がおかしい……どうしたらいいか分からない……すぐ来て！」と。駆けつけてみると、布団の上に正座したまま夜も眠らず、震える声でつぶやいているのです。「赤ちゃんが死ぬ。死ぬ……」。隣の部屋で「オギャ～オギャ～」と泣き続ける赤ちゃんの声におびえている様子でした。

別人のような義母の姿に、私は衝撃を受けました。病院で「老人性のうつ病ですね」と診断されましたが、当時はうつ病という病気が現在のように取りざたされない時代で、私にはまったく未知の病気でした。

しばらく様子をみて、広島へ帰り、近くの病院へ入院することになりました。それから私たち家族は、介護中心の生活になりました。一カ月後に退院してからは、医師の指示通り、義母を無理やり散歩に連れ出したり、ベッドから起きるように強いることをせず、気分を落ち込ませないよう気遣いました。

「お義母《かあ》さん、今日はいいお天気ですよ。ちょっと起き上がって外を見ませんか？」と言っても首を横に振るだけで、気力がわかない様子でした。食事は上半身を少し高くして、柔らかい雑炊をスプーンで食べさせました。トイレにも立てなくて、やむなくオムツを当てて寝たきり状態の介護でした。

現在のように、しっかり吸収できるオムツはなく、福祉制度も整っておらず、リハビリ施設もない時代でしたから、このまま寝たきりになってしまうのではないかと心配でした。お風呂にも入れてあげられず、毎日体を拭くことしかできませんでした。

介護は無期限で年中無休。そのときから、幼い貴光は、家族旅行や海水浴、キャンプなどの娯楽をまったく経験することなく、長期休暇には自宅で遊ぶようになりました。見かねた近所のご家族が、海水浴に連れて行ってくださいましたが、貴光は帰宅後、「寂しかった……もうどこにも行かなくてもいいよ」と言いました。

よくしていただいても、幼い子どもには、お友達が親に甘える光景が目の前で展開することに耐えられなかったのではないかと思い、不憫さに涙が溢れそうになりましたが、グッと我慢して「○○くんのお父さん、お母さんに一緒に連れて行ってもらって本当によかったね。お母さんも、ありがとうってお礼を言うね。今年は海で泳げてよかったねぇ！」と、小さな貴光の肩を抱きしめました。

また、そのころから実家の父も病気が悪化し、退院ができなくなっていました。心不全がどんどん進み、酸素吸入なしでは呼吸ができない状態でした。義母も入退院を繰り返し、私は二カ所の病院を掛け持ちで巡る日が続くこともありました。ストレスと疲労で私自身も肝臓と膵臓《すいぞう》が弱り、通院しながらの介護でした。

そんななかで、唯一私の心を癒してくれたのが、貴光の存在でした。我慢強く優しい性格がそうさせたのでしょうか。私を喜ばせてくれることが多くなりました。「おばあちゃんが家の中で一番かわいそうなんだから、みんなで優しくしてあげようね」という私の言葉に忠実に従ってくれて、不平や不満を一切言いませんでした。おばあちゃんを大切に思うすてきな子どもに成長してくれました。

この子に恥じない母になろう。私にもそんな決意をさせてくれました。どんなにつらくても愚痴は言うまい。子どもの後ろ姿に諭され親も成長させられたのでした。

祖父の死

年が明け一九八三年の三月一六日の午後でした。病院で父に付き添っていた母から上ずった声で電話がかかりました。

「お父さんが危篤状態になったんよ！ 早《はよ》う来て！」

恐れていた言葉が鼓膜をかすめ、脳天を突き上げるような衝撃的な音に変わっていきました。そして動悸が激しくなるとともに体が震え、止まらなくなりました。

一刻も早く父の元へ行きたいとタクシーを呼んで、ちょうど父の見舞いのために岡山からわが家へ来ていた妹と幼い娘二人と一緒に、入院先の日本赤十字病院へ駆けつけました。

病室のドアをこわごわ開けると、担当医が心臓マッサージをして、私たちが到着するのを待っていてくださいました。そしてそっとマッサージをやめて、臨終を告げてくださいました。父は一〇年間病気と闘い、六九年の生涯を閉じたのでした。

でも父は、つらい闘病生活の始めに、初孫誕生をむかえ、大きな希望もつかめたと思います。そして一〇年間、貴光の成長が生きる喜びになりました。

亡くなる一週間前に、貴光はお見舞いに行き、おじいちゃんを喜ばせてくれました。父は自分の命がそう長くないことを悟っているかのように、私に言いました。

「貴光は繊細な子じゃ。気をつけて育てなさい。いい子に育っとる。やりたいことをさせてやれ……」

それが私への遺言となりました。帰り際、後ろ髪を引かれる思いで病室を出ようとしていた私と貴光でしたが、父が力ない声で貴光を呼び戻しました。

「たかちゃん……もう一度顔を見せてくれ……」と。

貴光が素直に父の元へ戻り「おじいちゃん、きたよ」と言うと、父は「もう一度握手をしてくれ」と言って、チューブにつながれた右手を差し出しました。貴光も小さな右手を伸ばして固く握手しながら、「おじいちゃん、またくるから、がんばってね」と涙ぐんでいました。

父は同じく点滴のチューブにつながれた左手を上げて、貴光の頭をなで「しっかり勉強していい子になれよ」と言ってくれました。この別れが二人にとっては永遠の別れになってしまったのでした。

一九八二年、八三年は、私たち家族にとっては激動の年となりました。

父の死は貴光にとって初めて体験した肉親の死でした。私は事あるごとに父が貴光に対して注いでくれた深い愛について語りました。

「たかちゃんには、会ったことのない加藤のおじいちゃんと、生まれたときから抱っこしてくれた広島のおじいちゃん（大阪で生まれた貴光は、父のことをこう呼んでいた）がいたけど、二人とも天国へ行っちゃったね。会えないけど、天国からは何でも見えるんだって。だから一番大切だったたかちゃんのことを一番心配して、いつも守ってくれるはずよ。目をつむってごらん。おじいちゃんに会えるから。おじいちゃんが見えたら、ありがとうって言おうね」

彼は素直にうなずき目を閉じていました。

その後も貴光の中で父は生き続けていたことを、高校生、大学生になったころの彼の言動で知ることになるのです。亡き人の無言の教えがいかに偉大か。それを教えてくれたのはわが子でした。

心身ともに疲労困憊《こんぱい》の私でしたが、貴光の成長が励みになり、介護の日々も希望を持って過ごすことができました。

一九八六年三月。貴光は大病をすることなく、無事小学校を卒業しました。

お弁当の感想

その年の四月、広島市立口田中学校に入学した貴光は、一学期が終わるころから気力を失くしていきました。クラブ活動をやめ、大好きだった旺文社ＬＬ英語教室にも行かなくなりました。

「今おもしろくないことや不安なことがあるの？」と聞いても、「別に……」としか答えず、学校から帰ると、自転車でフラッと出かけていました。夕方になると帰って来るのですが、「今日はどこへ行ったの？」と聞いても「友達のところ……」としか答えてくれません。あまりしつこく聞くとかえって話をしなくなると思い、それ以上は触れないで、私のほうから他の話題に切り替え、楽しい雰囲気作りを心がけました。

一学期の成績は最悪でした。担任の先生にも相談してみましたが、解決策は見つかりませんでした。

どうしたら、本来の明るい性格を取り戻してくれるか。思案の末、私が今できることは、おいしい料理を作ってやることしかないと思いました。中学校は給食がないので、母親にしか分からない子どもの好みに合わせて、工夫をこらし、毎日メニューを替えてお弁当作りに努めることにしました。

義母は、自力でトイレに行けるようになり、食事もベッドに腰掛けて自分で食べることができるようになりました。私にパートで働ける時間ができました。少しずつ生活のリズムが整っていって、お料理にも力を入れることができたのでした。

しかし、一年生、二年生と、貴光には特別心境の変化はなかったようでした。それでも私は諦めず、どんなに忙しくても、お弁当と朝夕の食事メニューには力を入れました。二年生になったころから、お弁当の感想を毎日言ってくれるようになりました。これはたいへんな進歩だと感じ、うれしかったことを忘れることができません。

小学生のとき我慢してよい子でいた反動で、少し大人の世界に入りかけたころに、自分の歩く道も見えないまま途方にくれていたのかもしれません。また、誰よりも力を入れて応援してくれたおじいちゃんがいなくなった空虚感があったのかもしれません。親に反抗することなど思春期特有の心の葛藤は誰にでも経験があるものです。

そのとき大人に指摘されたり諭されたりすると、ますます窮地に陥るか反発して思わぬ方向にそれるかもしれないと、ここでもグッと我慢しました。夫にもそのように接してほしいと頼みました。

素直で優しい性格が根底にある子だから、きっと分かっている、きっといつかは奮起してくれるはずだと信じていました。だから、私には悲壮感はまったくありませんでした。あっという間に高校受験が訪れると思ったとき、焦燥感がよぎりましたが、なぜか大丈夫と感じることができたのでした。子どもを本気で信じる心は、本人に通じるものだということを知ったのは、彼が高校生になったときでした。

「中学生のとき、ぼくはよく遊んだものだ。あのころのお母さんの心境を思うと申し訳ない。小言の一つや二つ言いたかっただろう」

「お母さんの気持ち分かってたの？」

「分かるよ！　親の気持ちなんて言わなくてもちゃんと伝わるからね。でも、ここまで（首に手を当てて）出かけた言葉をのんでくれてるお母さんを見て、何とかしなきゃ……と反省していたよ。何も言ってくれなかったことで救われたんだよ」

そう言って頼もしくほほ笑む貴光を見て、「言わなくてよかった……」と、胸をなでおろしたものです。

子どもの力を引き出す一言

そんな日々でしたが、二年生の三学期ごろから、少しずつ気持ちが前向きになってきたのではないかと思えることが多くなりました。そして、三年生に進級したとき、担任の先生が代わり、貴光は完全復帰できたのでした。

担任の山本要一先生は、学校中で一番怖い先生として注目されていたのに、なぜかとても人気のある先生でした。元体操のオリンピック候補であった先生は、けがで選手生活を断念され、中学校の体育の先生として教鞭を執られたのでした。クラスの全員が大好きな先生でした。厳しさのなかにも生徒一人ひとりに目を向けられる先生でしたから、相談もしやすかったのでしょう。ある日、貴光は相談に行ったそうです。

「ぼくは体育が苦手で良い成績が取れません。公立高校の入試には、副教科の成績も必要なので心配なんです。どうしたらうまくできるようになるでしょうか」と悩み事を打ち明けると、先生は間髪入れず返してくださいました。

「そうだなぁ、加藤は体育が苦手科目だな。だけど、それでも、人一倍努力してるのを先生は見ているよ。そんなことを心配するより、他の教科をもっと勉強しなさい」と。

大人の愛ある一言は、子どものポテンシャルを引き出す発火剤になり得ることを教えられました。貴光は日ごと積極的になり、クラスの代表で図書委員に選ばれました。そこで、生まれて初めて、彼は目標を掲げたのでした。

「この一年間で、図書室にある本を読破してやる！　どこまで読めるかチャレンジする！」という目標でした。来る日も来る日も読書を欠かしませんでした。

あらゆるジャンルの本を読むうちに、自分の好みのジャンルが分かってきたそうです。中国や日本の歴史小説などに、特に惹《ひ》かれるようになったと言いました。

また自伝ものにも興味を示し、読んでいくうちに、落合信彦さんの著書『アメリカよ！あめりかよ！』（一九八七年一一月三〇日初版発行。貴光、中学二年生）にも出合い、強烈に惹かれたと言いました（落合さんの著書については、高校生になって、語り合ったときに話してくれました）。

落合さんは、貧しい家庭で育ち、高校の授業料や辞書や参考書購入などの支払いを、自分でアルバイトをして賄われました。高校を卒業したらアメリカの大学へ行きたい。フルブライトの奨学金制度を利用するために、独学で猛勉強されました。アルバイト料を貯めて購入した高価な英語の辞書を最初から覚え、覚えたページを破ってしまうという強硬手段で学ばれました。それを読んだ貴光の心に火がついたのでした。

「ぼくは、恵まれた環境にありながら、遊んでばかりで時間を失っていた。この狭い地域しか見ていなかったけど、世界は広いんだ。外国へ行ってみたい。やればできると落合さんが教えてくれた」

出合いで人生は変わると言われますが、貴光の人生も大きくうねりをあげて変わっていったのでした。中一、中二で抜けてしまった勉強を取り戻すために、教科書をもう一度ひもとき、一生懸命勉強しました。夏休みには、ＹＭＣＡの夏季講習を受けたいと真剣に頼み込んできて、合宿にも参加しました。真剣に生き始めると、人相まで変わってきて、キリッと引き締まった顔になっていきました。

貴光たちの学年は、第二次ベビーブームで人口がたいへん多く、公立高校の受験倍率も非常に高く心配しましたが、第一志望の広島県立安古市《やすふるいち》高校に無事合格しました。

第三章　高校から大学

亡き祖父が見守る自転車通学

一九八九年一月、昭和天皇の崩御で、元号が「昭和」から「平成」に変わりました。貴光たちの学年は、平成元年に高校一年生として、新たなスタートを切ったのでした。安古市高校へ入学するにあたり、親戚からたくさんのお祝いが届きました。その中に実家の母から贈られたお祝いと手紙がありました。

「貴ちゃん　安古市高校への合格おめでとう。おじいちゃんが生きていたら、どんなに喜んだことでしょう。おじいちゃんの気持ちをおばあちゃんが代わりに贈ります」という添え書きに感激した貴光でした。

「高校への通学手段は自転車に決めた。このお祝いで自転車を買いたい」と言って、専門店で変速機付きロードバイクを購入しました。「おじいちゃんに守られているような気がする」と言って、大切に乗っていました。

安古市高校は、安佐南《あさみなみ》区毘沙門台の高台にある高校です。急こう配の坂道が延々と続いています。そこを自転車で上がろうと意気込む貴光を見て、私は内心「いつまで続くか？」と思っていました。ところが、最初は長い坂道の途中から押して歩いたそうですが、ついに校門まで下りないで上がることができたと、たいへん喜んで報告してくれました。

自宅も翠光台《すいこうだい》という坂道の多い団地の一角にありますから、往路も復路も最後に上り坂の難所を抜けなければ目的地にたどり着けません。片道四〇分。すり鉢状の通学路を三年間自転車で通学した根性には頭が下がりました。彼は自分が〝根性なし〟だということをよく知っていました。体力がないこともよく分かっていました。

高校三年間で、自分の弱点を克服したかったのだそうです。そこにおじいちゃんの厳しくも優しい魂の目（自転車）があれば続けられると思ったようです。

自転車通学で得たものの一つに体力増強がありました。それは時とともにいい結果が現れました。腹筋、背筋、上腕二頭筋、大腿四頭筋がどんどん発達していき、病気知らずの体になりました。剣道でも、めきめきと腕を上げていき、団体戦五人の一人に選ばれ、出場するという快挙に驚嘆しました。

二つ目に、英語のニュースをウォークマンに録音し、片道四〇分、往復で一時間二〇分、イヤホンで聴くことで、英語と世界の時事問題の学習をしました。これらによって急な坂道があっても苦ではなく、楽しめたそうです。

彼は常におじいちゃん、おばあちゃんに感謝しながら通学していました。しかし、酷使していた自転車は、部品がよく壊れました。自転車専門店のご主人が、「この自転車の部品はすべて交換したなぁ。お金のかかっとる自転車じゃ。新車を買うほうが安いぞ。でもそれだけ大事に乗ってくれとると、自転車も喜んどるわ。うれしいよ」と喜んでくださったそうです。これが三つ目に得たものです。大切にすることで、物には魂が入るということを知ったのです。

国連職員になる決意

高校に入学して間もない一学期のある日、貴光から相談を受けました。

「高校を卒業したら神戸大学へ行きたいと思っている。将来は海外で勉強して、海外で働きたい。まだ具体的には決めていないが、ぼくの目標だ。将来海外で生活するために、日本の文化や歴史などをしっかり学んでおきたい。高校でできることは、剣道部に入って日本の武道の精神を学んでおくこと。もう一つは、校則の矛盾点を見つけたので、生徒会で一部改正に努めたい。そこでお願いがあるが、これらを手掛けるためには受験勉強はできそうにないから、一年浪人させてほしい」という内容でした。

私たちは驚きました。ほんの二、三年前は、焦点の合わないうつろな目をして、ふわふわと地に足の着かない日々を送っていた貴光が、中学三年の一年間で前向きな気持ちになり、高校入学と同時に別人のように変わりました。それがとてもうれしくて、「一生に一度しかない自分の人生だから思うように生きてほしい。一浪でも二浪でもかまわないから頑張れ!」と言いました。

すると彼は「二浪までは申し訳なくてできない。一浪で何とかする。でも、ぼくは一人っ子だから、親の面倒をみなければいけないのに、それができないかもしれない。それでも許してくれますか」と顔を曇らせ言いました。

「そんなことを気にすることはない。悔いのない人生を送ってくれ」。夫も父親の思いを告げました。

「貴光が、そこまで考えて目標を掲げたことがうれしいのよ。ずっと応援しているからね」と言うと、「この家に生まれてよかったよ。自分のやりたいことができない友達もいる。ありがとう」と言ってくれました。

高校生活は充実していました。宣言した通り、剣道部に入部して、練習に励みました。当時の安古市高校剣道部は全国で一、二位の実力のあるクラブでした。

部員のほとんどが、剣道経験者で子どものころから活躍している生徒も大勢いたようです。そんななかで、基礎もできていない子がついていけるのだろうかと心配でしたが、仲間たちが親切に教えてくれたそうです。「先輩や同級生部員のおかげで、知らないことをたくさん教わっている。人間って一人じゃ何もできないんだね。仲間は大切だ」と言っていました。

また、生徒会では、校則の一部改正に二年がかりで取り組みました。全校生徒に改正について説明しながら意見を求め、まとめていく作業はたいへんだったようです。

「高台にある学校だから、冬はふもとの地域より寒く、雪もよく降る。それなのに、マフラー、手袋、コートの着用ができないというのは矛盾している」

学校側や生徒たちと何度も討論を繰り返し、やっと一部改正を成し遂げたときの達成感は、一生の思い出だと喜んでいました。高校卒業後の浪人時代に、母校の生徒たちがコートに身を包みマフラーや手袋をつけている姿を見て感激したと言っていました。

一九九一年一月一七日。貴光が高校二年生の三学期始業直後に湾岸戦争が開戦となり、連日頻繁に報道される「戦争のニュース」にたいへんショックを受けていました。

戦争は歴史の教科書や資料やゲームでしか見ることのなかった貴光でしたから、テレビ画面に映しだされる花火のように飛び交う砲弾の閃光を見て、「あの炎の下には、罪もない子どもや親、老人たちが大勢いる……なんてことなんだ！　どうして止められないんだ！」と、テレビに向かっていらだっていました。

そのころから、毎朝一時間早く起きて、新聞記事を読むようになりました。そして矛盾点を見つけては、学校へ行き、社会科教師の金岡俊信先生と討論するようになったのです。

先生と討論をし指導を仰ぎながら、国連という機関がありながら機能していないことに気づいたのでした。調べてみると、国際法もまだ見直す余地があることを知り、「国際法を確立するときの一員でありたい」と、国連職員になることを決意したのです。

父親との見えない溝

目標が定まってからの彼は急成長しました。しかし、父親と息子の間には少しずつ距離ができ始め、父親に対して生意気な会話が交わされるようになりました。ついに父親が激怒し「親に対して生意気な口をきくな！」と一喝したことで、二人の間に見えない溝ができてしまったようでした。

私は二人の間に入って、陰で両者に苦言を呈しました。息子は父親にライバル心を持ち、優位に立ちたいという願望を持つのかもしれません。これが、母親と息子の間にはまったくないのです。息子が親を超えてくれたと思うと、それが喜びでもあるのですから。

しかし、いくら成長したとはいえ、父親に生意気な態度をとるのは、まだその域に達してはいないということなのです。間に立つ私は貴光に、「人間として成長するということは、うぬぼれに勝つことだと思う。人に勝つのではなく、己に勝つのよ。それができて初めて、人としてお父さんも他者も認めてくれる。自分がやったこと、知ってることを自慢げに人に押しつけるようじゃ、まだまだ未熟者。誰からも信頼されないでしょう」と言いました。

親に対して背伸びして大きく見せたいのも、子どもの成長の一過程だと思います。また、これまでの父親の言動にも非があったとは思いましたが、これも子どもの成長過程には、必要だったのだと思っています。

私は、このときこそ人格を磨くよい機会だと思い、自分を見つめ直すヒントにしてくれるようにと願いながら彼に話してみました。それが母親の役割だと思いました。

一九九一年、貴光が高校三年生になって、夫の転勤が決まりました。

受験期の息子と病に伏して動けない義母を伴っての転居は難しく、夫は単身赴任をすることになりました。その際、社宅を与えられましたが、貴光の大学の志望校は揺るがなかったので、生活費軽減のために、父と息子は同居することを承諾してくれました。

夫が探したマンションN（マンションとは名ばかりで、築二五、六年の古い鉄筋コンクリート五階建てのアパート）は、阪急神戸線で、会社と神戸大学のほぼ中間地点にあり、夙川《しゅくがわ》駅から南へ徒歩三分ほどの夙川沿いに建っていました。大阪へ行くにも、神戸へ行くにも、また京都へ行くにもたいへん便利な場所でした。

浪人生活は「神様からのご褒美」

こうして貴光の下宿先は決まったのですが、一九九二年、現役での受験は予想通り失敗に終わり、一年間の浪人生活が始まりました。しかし、私の心は、浪人生を抱えた親とは思えないほど、喜びに満ちていました。「この浪人生活の一年は、神様から私へのご褒美のような貴重な時間だ」と思ったからでした。

息子の食事作りや洗濯、アイロンがけ、気持ちよく過ごせるように部屋の掃除をしたりと、身の回りの世話ができる時間を一年延ばしていただいたのですから。大学卒業とともに海外での生活を決め勉学に励む息子の姿を見ながら、私も早く子離れしようと自覚を強めていったのでした。それだけに、もう一年、同じ屋根の下で暮らせることが、私には望外の喜びとなったのでした。

毎日を丁寧に過ごしました。顔を合わせるのはほんの数時間でしたが、夕食や朝食の時間の会話が私の至福のときでした。

そんなタイトでハードなスケジュールのなかでも、当時放送していたテレビ朝日系の報道番組「ニューステーション」だけは、一階のリビングに下りてきて毎日見ていましたので、私も一緒に見ることにして、感想を述べ合いました。放送時間の午後一〇時〜一一時の一時間が、私にとって、大切な時間として欠かせない日課の一つとなりました。

大学に入学したころ、このことについて、貴光は私にとても感謝してくれました。「浪人という不安定な環境で受験勉強するのに、お母さんが、ものすごく楽しそうに振る舞ってくれたことで、必要以上のプレッシャーを感じなくて済んだよ。ありがたかった」と言われたときに、やはり心から溢れる思いは通じるのだと思いました。

意図して楽しそうに振る舞ったのではなく、心底うれしかったから態度に出ただけなのですから、恥ずかしくもあり、戸惑いもありましたが、彼からのこの言葉はうれしい一言でした。

浪人をして人間的成長

この浪人時代は、貴光にとってたいへん重要な一年だったと思います。人間の本質を磨く貴重な時間が詰まっていました。

広島駅前にある大手の塾に通い、難関校受験コースに入りました。難関校受験コース選抜テストに合格すると、授業料の割引制度がありましたが、それに合格していても、自分で手続きに行った彼は、授業料の高いことに驚いていました。

そこで考えたことは、全科目を受講しないで勉強する方法でした。倫理、政経は高校の恩師である金岡先生の資料が充実しているから先生を頼ると言っていました。私たちが、いくら心配しなくてもいいと言っても、「そこまで出費することはない」と断るのです。この精神も浪人しなかったら培われなかったかもしれません。

塾へ通うために在来線のＪＲ芸備線を利用していましたが、初めて定期券を持った彼は、交通費もこれほどかかるのか、申し訳ないと言っていました。最寄り駅までは自転車で通っていました。高校三年間、足となり活躍してくれた自転車だったので、すっかり〝ご老体〟でしたが、大切に乗っていました。

ところが、夏のある暑い日になぜか歩いて帰ってきました。その顔は悲壮感に溢れ、ただならぬ気配が漂っていました。「自転車を盗られた……」。あれほど大切にしていた自転車がなくなったと思うと、私でさえ悲しくてたまらないのだから、貴光の心はどんなに傷ついているだろうと心配でした。彼は自転車店のご主人に相談に行って、警察へ届け出を済ませて帰ってきました。しかし、何日経っても見つかりませんでした。

毎日自分の傍らで助けてくれていた「祖父の自転車」が、突然目の前から消えたことは、大きなショックだったようで、浮かない表情でかなり深刻な状態でした。私が、新しい自転車を買おうと言っても、「いらない」の一点張りでした。「おじいちゃんの命がこもってるんだ。かけがえのない自転車なんだ」と言って、ため息をついていました。

それから一カ月経った早朝、玄関のチャイムが鳴りました。私はお弁当と朝食を作っていたので、朝陽の昇る前のその時間には起きて準備をしていました。

「こんなに朝早くから誰だろう?」。ドアを開けて出てみると門扉の外に見知らぬ中年男性が立っておられました。

ランニングスタイルのその方は、「早朝から失礼かと思いましたが、どうしても伝えたかったのでお宅を探して、ここまで走ってきました。私は太田川沿いを毎日走っている者ですが、そのコースの土手の傾斜に、お宅の住所が書かれた自転車が放置されているのを先日発見したのです。住所と名前がきれいに書かれていたので、古い自転車だけど、大切にされていることが分かり、番地をメモして帰り、住所を調べました。ぜひ現場へ行ってみてください」と言ってくださいました。

私は驚きと喜びで、思わず二階で寝ていた貴光に大きな声で伝えました。そして、その方にお名前を聞こうとしたら、「いえいえ、伝えられたらそれでいいんですよ」とくるりと背中を向けて走り去って行かれました。私の声に驚いて起きた貴光が、玄関の外に飛び出したときには、すでにその方の姿は見えなくなっていました。

「ありがとうございました〜！」。大声で叫んだ貴光は、道路の真ん中で正座し、両手をついて深々と頭を垂れたまま、しばらく顔を上げませんでした。泣いていたのです。私も、もらい泣きしてしまうほど、彼の姿には感謝の念が溢れていました。

こうして、一カ月ぶりに貴光の元へ帰ってきた自転車は、新しく付けた部品がすべて盗られ、ごみくずのように捨てられていたのでした。それでも貴光は、大喜びして自転車店のご主人に修理をお願いしました。お年玉や小遣いを貯めていた彼ですが、ほとんどこの自転車のために使ったようでした。

この経験も彼の人間性を育む糧になったように思います。

また、あるとき、突然貴光から質問を受けました。彼は、恐る恐る私に尋ねました。

「ぼくが幼稚園のころ、お母さんが流産して入院していたよね。あのとき、ぼくが病室に入ると、急に泣いたでしょう。あの涙には、どんな思いが込められていたの？　ずっと気になっていたんだ」

貴光の顔を見つめ、私は予想外の質問にたいへん驚きました。あれからずっとそのことを心に留め疑問を抱き続けていたのかと思うと、私の古傷がうずきました。

第二子が宿ったことを知ったとき、貴光との関わりが二分されるような気がして一瞬脳裏をよぎった「寂しさ」に亡くなった子への罪深さを感じていた私は、その部分について本当のことを貴光に言えませんでした。

「せっかく、貴光にきょうだいができて、ふたりで支え合って生きることができると喜んでいたのに、それがかなわなくなったことや、あの子が生まれたら、いつか、貴光のように立派な人間に成長できたはずなのに、何一つ体験させてやることもできなかった悲しみで、泣けたのよ。長い年月が過ぎたのに、よく覚えていたね」と答えると、「そうだったのか……きょうだいがいない代わりに、ぼくは何でもやりたいことをさせてもらってる。あの子の分までしっかり生きなければいけないね」と言いました。小さな命に対して敬い慈しむ、彼の心の成長に感動したものです。

神戸大学合格祝いの家族旅行

そして翌年、一九九三年に神戸大学法学部に合格したのです。

そのころには、福祉制度が整いはじめ、特別養護施設で一週間だけ義母の介護サポートをしていただけるようになりました。私たちが、義母の介護を始めて一一年目の年でした。

そのショートステイで介護していただく間、私たちは義母が倒れてから初めて、車で家族旅行をしました。当時転勤で宇部に住んでいた妹一家と合流し、貴光の合格祝いと送別会を兼ねて、別府温泉へ行きました。一泊した後、その足で私たち親子三人は新幹線に乗り換えて、夙川へ行ったのでした。

貴光と一緒に新幹線で旅をしたのは、このときが最初で最後でした。当時は、一緒に旅をし、私の隣で語り合っている息子が、一年九カ月後にこの世から消えてしまうなどとは、夢にも思っていなかったので、ただただ、楽しい旅でした。

四月四日の夜七時ごろ、阪急夙川駅に降り立ち、ゆっくり夙川の堤を歩いて、マンションNに向かいました。その日は天気もよく、桜の花びらが、折り重なるように咲き誇り、枝々に取り付けられたぼんぼりの明かりが美しく映えていました。

藍色の夜空を薄紅色に染めて咲く桜。その並木の美しい光景は、今も私の瞼の裏に焼きついたまま、消えることはありません。聞けば、夙川の桜並木は、日本桜名所一〇〇選の一つとして、有名な場所だったのです。

翌日は、貴光が六甲山へケーブルカーで上がってみようと、私を誘ってくれました。大学にも行ってみました。一緒に並んで神戸の町を散策したり、六甲山頂駅の展望台から、はるか彼方にかすむ神戸の町を眺めながら、二人でいろいろな話をしました。

また展望台喫茶に入り、コーヒーを飲みながら至福の時間を過ごしました。その喫茶店で販売していた牛の絵入りのマグカップが欲しいと言うので買いましたが、「これ、五〇〇円よ！　こんなおもちゃのようなカップでいいの？」と言うと、「これがいいんだよ」と満足気な表情をして手に取っていました。

貴光は丑年生まれで、私と彼の間でふざけ合うときには、いつも「こら〜！　ウシ！」などとツッコミを入れると、必ずボケで返してくれていたのです。他の誰も知らない、貴光と私の間だけのニックネームが「ウシ」だったのです。このマグカップの大きさがちょうどいいと、たいへん気に入り、毎日使っていたようです。

震災後、倒壊したマンションの瓦礫《がれき》の中から唯一壊れないで、私の手元に戻ってきた陶器が、この牛のマグカップただ一つでした。何もかも粉々に壊れた形あるモノたち。奇跡的に助かったこのマグカップには、貴光の強い願いがこもっているように思え、彼の思いが伝わる、私の大切な宝物の一つとなりました。

ポケットの手紙

いよいよ、義母のショートステイ期限が迫り、私は、七日の午後夙川を発つことになりました。神戸大学の入学式は九日だったと思いますが、それに出席することはできず、私は貴光に見送られて、新大阪駅へ向かいました。

「いよいよお別れだ……」。私は心の中で何度もつぶやきました。「今日がこの子の巣立ちのときだ。私も母親としてこの子を見るのではなく、一人の人間として、これからは遠くから応援し続けよう……」と。

新幹線が滑るようにホームへ入ってきました。それに乗り込む私を、貴光はホームに立って見送ってくれました。「元気でね！　お父さんとうまくやってね」と言うと「大丈夫だよ。お母さんも体に気をつけて、おばあちゃんをたのんだよ……」と言ってくれた途端、私はこらえきれずに涙を流してしまいました。

新幹線のドアが閉まり動き始める寸前に、ホームの貴光が、涙をぬぐう仕草を送ってくれた後、自分の上着のポケットを指さしました。それを見た私が、自分のジャケットのポケットに手を入れてみると、小さくきれいに折りたたまれた紙が入っていました。いつポケットに入れてくれたものかまったく気づきませんでした。私がそれを取り出してかざして見せると、親指を立てＯＫサインを送り、その右手を高くあげ手を振ってくれました。

車窓から貴光の姿が消えたころ、私は重い荷物を持って座席に着きました。はやる心を抑えながら、きれいに折りたたまれた紙を取り出してみると、表のほうには「To my dear mother, Ritsuko」と書いてあり、裏側には「From your sincere son, Takamitsu」と書いてありました。それを見ただけで涙が溢れました。

そして、ゆっくり紙を開いてみると、ノートの一ページをきれいに切って、彼らしい下手な字ではありますが、一枚に収まる文字数で丁寧に書いてくれた手紙が現れました。

親愛なる母上様

あなたが私に生命を与えてくださってから、早いものでもう二〇年になります。これまでに、ほんのひとときとして、あなたの優しく、温かく、大きく、そして強い愛を感じなかったことはありませんでした。

私はあなたから多くの羽根をいただいてきました。人を愛すること、自分を戒めること、人に愛されること……。この二〇年で、私の翼には立派な羽根がそろってゆきました。

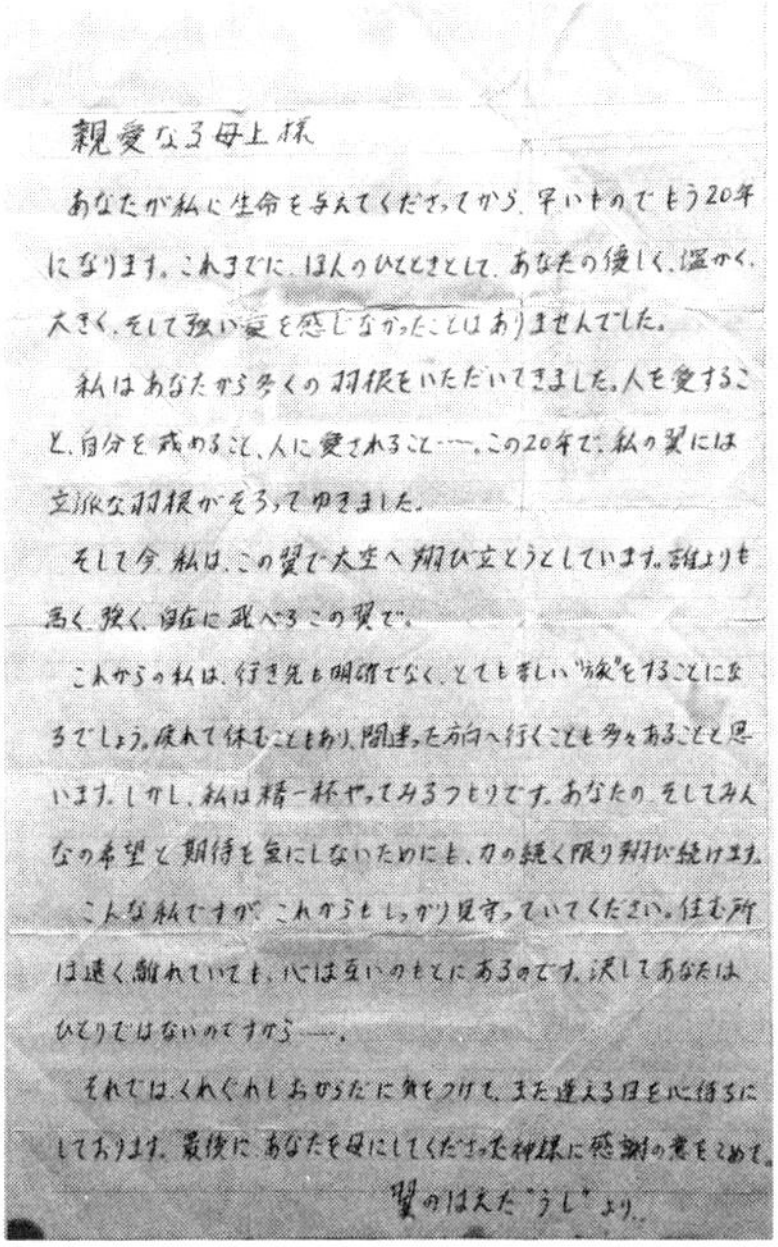
親愛なる母上様

あなたが私に生命を与えてくださってから、早いものでもう20年になります。これまでに、ほんのひとときとして、あなたの優しく、温かく、大きく、そして強い愛を感じなかったことはありませんでした。

私はあなたから多くの羽根をいただいてきました。人を愛すること、自分を戒めること、人に愛されること――。この20年で、私の翼には立派な羽根がそろってゆきました。

そして今、私は、この翼で大空へ翔び立とうとしています。誰よりも高く、強く、自在に飛べるこの翼で。

これからの私は、行き先も明確でなく、とても苦しい〝旅〟をすることになるでしょう。疲れて休むこともあり、間違った方向へ行くことも多々あることと思います。しかし、私は精一杯やってみるつもりです。あなたの、そしてみんなの希望と期待を無にしないためにも、力の続く限り翔び続けます。

こんな私ですが、これからもしっかり見守っていてください。住む所は遠く離れていても、心は互いのもとにあるのです。決してあなたはひとりではないのですから――。

それでは、くれぐれもおからだに気をつけて。また逢える日を心待ちにしております。最後に、あなたを母にしてくださった神様に感謝の意をこめて。

翼のはえた〝うし〟より。

貴光からの唯一の手紙

そして今、私は、この翼で大空へ翔び立とうとしています。誰よりも高く、強く、自在に飛べるこの翼で。

これからの私は、行き先も明確でなく、とても苦しい〝旅〟をすることになるでしょう。疲れて休むこともあり、間違った方向へ行くことも多々あることと思います。しかし、私は精一杯やってみるつもりです。あなたの、そしてみんなの希望と期待を無にしないためにも、力の続く限り翔び続けます。

こんな私ですが、これからもしっかり見守っていてください。住む所は遠く離れていても、心は互いのもとにあるのです。決してあなたは、ひとりではないのですから……。

それでは、くれぐれもおからだに気をつけて、また逢える日を心待ちにしております。最後に、あなたを母にしてくださった神様に感謝の意をこめて。

翼のはえた〝うし〟より

新幹線が広島駅に着くまで、私はこの手紙を何度も何度も読み返し、涙を流し続けました。「これでいいのだ……貴光はもうどんなことがあっても、一人でしっかり生きてゆくだろう。私も、これからは母としてではなく、一人の人間として凛《りん》と生きていこう」。ヒナ鳥の巣立ちのときを教えてくれたのも、貴光でした。自宅に戻るまで、私はずっと泣き続けてしまいました。

それからの私は、この手紙を、免許証と一緒にケースに入れ、お守りのように肌身離さず大切に持ち歩きました。

落合信彦氏からの刺激

貴光が、大学に通い始めて一カ月後の五月。今まで聞いたことのない弱々しい声で、電話がありました。「神戸大学にあこがれ入学できたものの、話ができる学生がいない。討論形式になると『話が重い』だとか『おもしろくない』と言われ、本気でぶつかりあえる友がいない。この大学を選んだのは間違いだったのだろうか……」とたいへん悩んでいました。

私は彼を元気づけるために言いました。「タカは、高校時代から世界情勢や国内情勢について先生と討論してきたので、それが同世代の多数派だと思っているんでしょう。そう思うのは違うと思うよ。現役で大学合格を目指して『受験勉強』をしてきた人たちが大半を占めると思う。だから、どこへ行っても、最初は話が合う人はいないかもしれない。でも、焦ることはないでしょう。これから、討論できる友は必ずできるよ。それまでに、なかなか会えない世界中のすばらしい著者と会うために、しっかり本を読めばいいのでは？」と。

「そうだなぁ」とは言ったものの、まだ吹っ切れない様子でした。

それから、数週間後に、貴光から電話がかかりました。「落合信彦さんの講演会が、今度大阪である。先日新聞で知った。申し込めば抽選で入場券が当たるというので、早速申し込んでおいたら、当選してチケットが手に入ったんだよ！」。先日悩んでいたときの声はなく、明るく弾んだ声で話してくれました。

「よかったね！　すごいじゃない！　落合さんの生の声に会えるなんて！」

私も感激で興奮してしまいました。

講演会当日の終演直後、自宅に戻るまで待ちきれなかったのでしょう。会場近くの公衆電話から、広島の私の元に電話をかけてきました。当時は携帯電話がなかった時代でしたから、急用は公衆電話を利用するしか手段がなかったのです。貴光にしては珍しく興奮した声で話し始めました。

「講演を聴けてよかったよ！　『二〇歳までは冬の時期だ。この冬の時期に土壌を肥やしておかないと春に美しい花は咲かず、秋に実を結ぶこともない。もっともっと本を読め。哲学書をひもとけ』と言われたが、その通りだと納得できた。これから落ち込んでいる時間はない。学校の図書館へ通い詰めるぞ！」。そう言って電話を切りました。私もホッと胸をなで下ろしました。こうして貴光は大事な場面で、二度も落合信彦さんに救われたのでした。

出会いで人生が変わるということは、このことだったのかと思い、お会いしたこともない落合信彦さんに、感謝したものです。

また、同時期に、貴光は自分が描いているビジョンを、熱く語ってくれました。

「これから自分が歩もうとしている道や、成し遂げたいと思っている志は、一人では絶対成し得ない。先輩や同期の仲間、そして後に続く後輩たちがあって初めて成すことができると思う。特に後継者がいなければ、何を成しても無意味だ。そこで自分は考えた。中学生という難しい時期を有意義に生きてほしいと思い、勉強するっておもしろいと感じてくれる子どもたちを、一人でも多く見届けたい。自分もそうであったように、中学時代に抱く不安や焦燥感から解放してやりたい。だから、バイトで中学生担当の塾講師をしたいと思っている」と。

そして彼は言葉を続けました。「これからは、サークル活動費や小遣いなどの仕送りはしないでほしい。バイトで賄うから。授業料を払ってもらい、住まいを与えられているだけでもありがたいのだから」と言ったのでした。高校時代よりも数倍たくましく、人間的にも成長している息子を「わが子」と呼ぶことさえおこがましく、まぶしく感じたものでした。

ＥＳＳへの参加

彼はまた、サークル活動についても語ってくれました。

将来国連で会議の席に臨んだり、多国家、多民族の中でコミュニケーションを図るために、英語での三セクション（ディスカッション、ディベート、スピーチ）をマスターしておきたい。そのために、大学一年の年にＥＳＳサークルで学びたい。二年生になったら実際に国際交流をしているサークルを探してみたい。そう言って瞳を輝かせていました。それから間もなくして、ＥＳＳに入ったよという連絡が入りました。

大学生になって、アルバイト、サークル、学業と忙しい日々を送る貴光は、初めての夏休みでさえ、帰省しても、ほんの三日間しか滞在できませんでした。でもその間、彼は夜を徹して対話することを望み、私にいろいろなことを聞かせてくれました。

その秋に開催される神戸学院大学杯のスピーチコンテストにエントリーすることも宣言

しました。これから西宮へ帰って原稿を書くと言っていましたが、宣言通りスピーチコンテストの予選を突破し、一一月の大会に出場できたのでした。

大会に出場し優勝旗を神戸大学に持ち帰ることができましたが、なぜかこの大会でのスピーチに、私はとても執着していました。もしテープに録音してあるようだったら欲しいと頼んでみたら、気乗りはしていない雰囲気でしたが、「主催者側で録音すると言われたので、頼めば可能かもしれない」と数日後にダビングしたテープを送ってくれました。

大会が行われた一年二カ月後に急逝した貴光でした。このテープに吹き込まれた彼の声や、コツコツコツ……と床を踏みしめ靴音を鳴らしながら登壇する様子は、彼が確かに神戸で生きていた証として、私の手元に遺されました。

あのとき、時間をぬうように忙しい日々を生きていた彼に、一瞬躊躇《ちゅうちょ》しながらもそれを押して無理を承知でお願いしてみたことが、私への虫の知らせだったのかと、スピーチを聞くたびに、不思議な力を感じ涙が溢れてしまいます。テープのままでは劣化が早いからと、友人がCDにコピーしてくれました。声は当時の、さわやかでかげりのない青年のままで生き続けています。

また、スピーチコンテストに前後して、学園祭（六甲祭）が催されました。貴光が通う神戸大学六甲台キャンパスで、ＥＳＳの仲間たちはアイスフライを作って販売するテントを企画していると話してくれました。「初めての学園祭だから、私も行ってみたい」というと、「ぜひおいでよ」と誘ってくれました。二度目の大学訪問でした。

初日は大雨で中止になったようですが、学生たちは集合したもよう。その日早めに帰宅した貴光は全身ずぶ濡れでした。六甲山からの「六甲おろし」は聞きしに勝る威力で、テントが吹き飛ばされ危なかったと言っていました。阪神タイガースの応援歌「六甲おろし」は知っていましたが、実際の六甲おろしに遭ったことがなかったので、その状況は想像の域に留まり、どれほどの強風か理解できませんでした。

翌日は晴れ渡った秋空の下で、学生たちの歓声があちこちで響くなか、ＥＳＳの仲間たちは、大鍋に油を張って、シューアイスに衣をつけては、揚げていました。そのコーナーには行列ができていて、私も列に並んで買うことができました。大鍋の前で真剣に揚げている貴光には声もかけず、そっとテントを離れ食べてみましたが、外側が熱々の衣で、中の冷たいアイスがほどよく溶けかけていて、とてもおいしかったのが印象的でした。

夜帰宅した貴光に、おいしかったと感想を告げると、揚げるタイミングが非常に難しいんだと説明してくれました。何個揚げたのか忘れましたが、完売して収益金もたくさんあったと言っていました。青春時代のよき思い出として、この日のことを将来学友たちと語らう姿を想像して、ほほ笑ましく思ったものです。

年が明け、一九九四年の初めに、貴光は次へのステップを考えていたようです。ＥＳＳでの三セクションもマスターでき、スピーチコンテストで恩返しもできたところで、部長に自分の将来について説明し、平身低頭して退部の意向を告げたそうです。当時の部長としては、貴光を次期部長にとの腹案があったようで、とても残念だと言ってくださったそうです。

貴光は、たいへんお世話になった部長だっただけに、心苦しくてたまらなかったと言っていましたが、部長への敬意と感謝をしっかり胸に刻み、自分に与えられた使命を果たすために、次のステップを踏みたいと語ったのだそうです。部長は、その真摯《しんし》な訴えに「分かった。これからも応援するから頑張ってほしい」と温かい言葉で送り出してくださいました。

貴光は、部長との別れ際に涙が出たと言っていましたが、こうして今思い起こしてみると、皆さんにお別れをしていたのではないかと思えるほど、一人ひとり丁寧に接していたようです。

日本国際学生協会（ＩＳＡ）への参加

そして同時期にＩＳＡ（The International Student Association of Japan）との出合いから、その活動に参加し始めたのでした。

ＩＳＡとは、一九三四年に母団体が発足した日本最古の国際学生交流団体です。日本各地の学生たちが、それぞれの学校の枠にとらわれず、国内外の問題の研究や国際学生会議、外国学生との学生交換プログラムなどを通じ、国際的な相互理解を推進している学生団体です。

東京、神戸、大阪、京都、岡山、九州の六支部体制で構成されており、運営はすべて学生によって行われ、年に二回全国の会員が一同に会し合宿が行われます。二〇一五年現在、全国約二〇大学、約五五〇人の学生が在籍しています（ＩＳＡホームページ参照）。

貴光は、神戸支部に所属することになり、最初に参加したのは、韓国の学生を迎え、日本からも韓国を訪ねる学生交換プログラム（Exchange Program、Ex.と略）でした。参加国を選ぶにあたり、貴光は、今自分に与えられる使命とは何かを考えました。韓国と日本のいびつな歴史を独学した高校時代から、まだ信頼関係が希薄だということを危惧していました。「学生だから何もできない」ではなく「学生だからできる」ことを考えるのだと言っていました。

一番近い隣国であり敵対してはいけないと彼は常に考えていました。

「学生時代にしかできない友情を築くこと。将来彼らが国を背負って働く時代に、学生時代に築いた友情が平和を保つ礎になる。学生時代により多くの世界中の学生たちと出会い、とことん討論をして、信頼関係を作りあげたい」

それが、貴光の使命感となっていったのでした。そして、生まれて初めて海外へ行ったのが韓国でした。一九九四年の学生交換プログラムで、韓国を希望した全国のＩＳＡ部員は一〇名弱だったそうですが、そのとき一緒に参加した学生たちから聞いた話では、貴光は、日本から参加した学生たちとはかけ離れた交流をしたと教わりました。

たった一人で韓国の学生たちの中に入り、お互いの国の近現代史について、徹夜でディスカッションしていたそうです。共通語は英語でしたから、一年間ＥＳＳで習得したディスカッションがたいへん役立ったそうです。

「世界で通用する人間であるためには、まず自国の歴史、文化を熟知しなければならない。そして相手国の歴史、文化も学んでいないと対等に話はできない」という高校時代に得た気づき。その気づきは、中学三年生のときに読んだ、落合信彦さんの著書『アメリカよ！あめりかよ！』の中で得た教えだったのです。

貴光は、高校三年間で日本の近現代史や文化を学び、熟考しました。そのおかげで、韓国でのディスカッションで、多くの韓国学生を驚かせたようです。「日本の学生でここまで韓国と日本の歴史を知っている人に出会ったことがなかった。私たちはタカ（貴光のニックネーム）のいる日本だから、日本についてもっと勉強する」と言ってくれたそうです。

信頼関係を築くためには、お互いの国の歴史を正確に知り、過去の過ちを互いが認識したうえで、未来を構築していかなければならない。貴光の平和への熱い思いは、韓国の若者たちに受け入れられたのだそうです。

また、彼らから究極の質問があったそうです。

「もし、今、日本国が私たちの国に対して銃口を突きつけたら、タカはどうするか？」

貴光は即答したそうです。

「大切な友のいる国へ向けている自国の銃口の前に私は立つ！　本気だ！」と。

韓国での学生交換プログラムを終えて神戸に帰った貴光は、その足で帰省し、私に真っ先に報告したかったと言ってくれました。広島駅まで迎えに行った私の肩に左腕を回して歩きながら「本気で話し合えば分かりあえるんだ……」そう言って感涙しました。彼の真剣さを垣間見て、平和への希望を具現化するために、学生だからこそできる努力を重ねる貴光を、私は心から尊敬できました。彼が亡くなる一一カ月前のことでした。

ＩＳＡ神戸支部委員長に

その年の夏休みは、これまでになかった、一〇日間もの長い休暇を取って帰省しました。なぜなのかと理由を聞くと、今年ＩＳＡに入ったばかりの新入り部員の貴光が、神戸支部の委員長に推されているというのです。彼は、常々語っていました。「自分はトップに就くより、二番手にいてトップをサポートする人材でありたい。そのポジションが実におもしろい」と。

「神戸支部の委員長を決める根回しが始まっているから、ちょっと身を隠すのだ」と言って帰ってきたのでした。宇部にいた私の妹一家を訪ねたいから、車で行こうと言って私を急き立てたり、後半は、「広島市平和公園内にある国際会議場でアジアフォーラムが開催されるので、ＩＳＡ東京支部の友人二人と一緒にそれに参加する。彼らを家に泊めてほしい」と言ったり、時間を有効に使えるように、いろいろ計画を立てていました。

宇部の妹宅に一週間近く滞在し、大学生になって初めて、妹一家と楽しい時間を過ごしました。貴光は私の妹をチャコちゃんと呼び、大好きな叔母でした。妹も貴光が生まれたときから、わが子のように慈しみ、何度も関西へ来て成長を見守ってくれました。宇部で一緒に過ごした日々は、みんなに幸せを与え、忘れられない思い出を作ってくれました。

妹は、貴光の滞在中たくさんのメニューの食事を作ってくれました。食卓に何種類も並ぶ料理の一つひとつを味わいながら、貴光は叔母の溢れる愛情を感じていました。すでに大量のご馳走を食べて満腹だったはずなのに、最後の一粒まで残すことなく「おいしい、おいしい」と言いながら食べていました。叔父からはゴルフを教えてもらったり、二人の従妹たちには勉強を教えたり、彼女たちのリクエストでカラオケにも行きました。

そして、広島へ帰る時間ギリギリまで妹は、貴光のためにチーズケーキを焼いてくれました。冷やす時間がなく「熱いチーズケーキ」を食べて帰路につきましたが、帰りの車の中で助手席に座った貴光は、シートを倒し、両手で顔を覆いつぶやきました。「チャコちゃんちのみんな、大好きだ……」と、涙を流していたのです。

今まで、貴光のこのような姿を見たことがなかった私は、「人間としてずいぶん成長してきたなぁ」と感動するに留まっていましたが……。そのときから五カ月後に亡くなったのですから……。永遠のお別れだったのですから……。

広島の自宅に戻った私たちは、東京からやって来るＩＳＡの友人たちを迎えに行きました。

貴光が大学生になって初めての学生客が楽しみでした。「ＩＳＡに入会するきっかけを作ってくれたのが、その中の一人だ。彼のいるＩＳＡだから入ろうと思った。徹夜で討論しても話の尽きないヤツだ」と言っていました。

彼らがわが家で交わすであろう会話に、私はたいへん興味を持っていました。私の期待通り、三人の会話は弾んでいました。朝競うように起きてきて、新聞を奪い合うのです。そして、それぞれの興味ある記事に対してコメントすると、誰かがそれにコメントする。キッチンに立って朝食の準備をしていた私は、部屋の空間を交差する三つの声を聞きながらとても興奮しました。

若者たちが、さまざまなテーマで語り合う姿には、希望があり夢があります。私は、彼らの青春の一ページに関われたことの幸せをかみしめながら、同年代の学生たちの成長を頼もしく思ったものです。

時事問題を徹底的にチェックして、互いに持論を展開し討論する姿に、どれほど私の心は高揚していたか。至福のひとときでした。朝食の準備が整うと面白おかしくボケたりツッコミを入れたり。彼らの傍らにいるだけで、私は楽しめました。

「おれは高校時代に老子にはまってなぁ……」と貴光。「え〜っ！　高校時代に老子かよ！　孫子くらいなら分かるけどな！」と潤さん。「あの思想に近づきたいと思っていたんだよ」「そうか、心身ともに老成してたんだなぁ」と直樹さん。当時二〇歳だった貴光は、他の学生に比べると、とても大人びており老けていました。友人たちからは「おっさん」だの「パパ」だのと呼ばれていたようです。私は思わず吹き出してしまいました。

私は貴光が高校時代に老子を読んでいたとは知りませんでしたが、当時のことを思い出してみたとき、「なるほど、それであのとき、あの言葉を使っていたのか」などと、腑《ふ》に落ちることがたくさんありました。

彼らを受け入れ、合宿所の賄いのおばちゃんをさせていただいてよかったと心から感謝しました。

アジアフォーラムでのテーブルディスカッションについては、批判的な感想も述べていましたが、とても楽しめたようでした。二泊三日の合宿が終わり、彼ら三人は東京と神戸へ帰って行きました。一〇日間の帰省中に貴光に関わった者には、彼の死後、この時間がそれぞれの心を支えてくれることになりました。

それからしばらくして、貴光から連絡があり、ＩＳＡ神戸支部の委員長を引き受けることになってしまったと言っていました。その後の彼は多忙極まりない時間を突っ走ることになったようでした。「三宮にどれほど通ったことか。行くというより、帰るという言葉が適語だ」と言っていました。

貴光の死後、私は、神戸三宮に降り立つたびにアスファルトの舗道や敷石などを心の目で凝視することが多くなりました。見えることのない「足跡」を探して町を歩く心は潰れそうでした。

また、大学での学業では三回生になるとゼミが始まります。貴光は高校時代に神戸大学の教授を調べ、木村修三先生の経歴に魅せられました。先生のゼミに入りたいがために、神戸大一校に絞って受験したほどあこがれていた先生でした。しかし、彼は一度も木村教授の講義を受けることなく、幻のゼミ生となってしまったのでした。

貴光の死後、木村先生にお会いして、お話しする機会がありましたが、お人柄もご立派な方でした。貴光が尊敬する気持ちがよく分かりましたが、それだけに、私の無念はいっそう募り、切なく悲しい対面でした。ゼミの面接で先生が感じてくださった貴光の印象は、「将来期待できるおもしろい学生だ。今後のゼミがとても楽しみだった」と言ってくださり、亡くなったことを知ったとき、非常にショックを受けたともお話しくださいました。

後日、「加藤貴光君のご霊前に捧ぐ　木村修三」とサインを入れて、著書『中東和平とイスラエル』を届けてくださいました。湾岸戦争開戦の一九九一年に発行されたその著書を手に取ったとき、先生との不思議なご縁を感じ、感謝の念と無念の交錯する複雑な涙を流しました。

一九九八年に神戸大学を定年退官されたことを知り、もし生きていたら、木村教授最後のゼミ生となっていたであろう貴光が、先生と密で強力な師弟関係を築いている、理想の未来像を想像したこともありました。

彼の人生にどれほど影響を与えていただけたことかと、はかない夢を幾度も見ました。高校生のときから木村教授にあこがれて神戸大学を受験し、やっとそのあこがれの教授のもとで学べるパスポートを手に入れたのに、その最初の夢さえかなえられなかった彼の無念は、私の無念となって今もなおくすぶり続けています。

木村修三氏略歴
一九三四年、青森県生まれ。参議院外務委員会調査室で約二五年間、日本外交と国際問題の調査研究業務に従事。その間、一九七五年〜七七年、外務省特別調査員としてイスラエルに滞在。一九八二年、神戸大学法学部教授。一九九八年、神戸大学を定年退官し、姫路獨協大学教授、神戸大学名誉教授。
専門分野は軍事管理・軍縮問題と中東の国際関係。著書に、『中東和平とイスラエル』（有斐閣、一九九一）、『なぜ核はなくならないのか』（共著、法律文化社、二〇〇〇）など。

大震災前の多忙

この年の一〇月に、アジア競技大会が広島で開催され、貴光は神戸大学の親しい学友であった志賀文哉さんを連れて広島に帰ってきました。アジアからやってくるアスリートたちを応援できるチャンスは、人生においてそうあることではないだろうと言って、予定を立てたようでした。

モンゴル対韓国の野球の試合を、私も一緒に観戦しましたが、力の差で韓国が一回に大量得点をあげ、なかなか試合が進まなかったことを記憶しています。モンゴル頑張れ！とみんなで声援を送りましたが、敗退しました。

ちょうど私たちの前に、元プロ野球選手の板東英二さんが応援に来ておられ、貴光は坂東さんに話しかけ、漫才師の相方かと思われるような会話を楽しんでいました。周囲の方がたもたいそう盛り上がっていました。

このアジア競技大会の招致が決定してから、広島ではホテルの建設や交通網の整備、運動施設や公園の増設など、建設ラッシュでした。

一九九四年という年は、今となっては、私の記憶の中心にあり、現在、広島市の中心部、本通駅からメインスタジアムのある広域公園前駅まで運転されているアストラムライン（「明日」「トラム〈電車〉」で「明日の平和に向かって走る電車」という由来がある）が、開業して何年経ったかと質問されても、私は即答することができます。阪神・淡路大震災発生の前年だったのですから。

このころ、貴光の死が、三カ月後に迫っていたなどと誰が想像したでしょう……。

このアジア競技大会もまた、神様から与えられた私への贈り物の時間だったのかもしれません。

それから二カ月後の一二月二〇日に、貴光は二一歳の誕生日を迎えました。前日の一九日に、ＩＳＡの友人たちが、夙川の部屋へ集まり、誕生日をお祝いしてくれたそうです。その日に講義があった人も、貴光の誕生日を優先してくれて、プレゼントを用意したり、手作りケーキやクッキーを持ち寄ってくれたり、皆さんに温かく祝福していただいたそうです。自分のために大切な時間を割いて集まってくれた仲間たちの思いがとてもうれしかったと言っていました。

そのときから、二八日後に永遠のお別れが待っていたのですから、貴光が涙を流してお礼を言ったということを、死後その仲間たちから聞いて、彼の魂は知っていたのだと思いました。亡くなる二八日前には、そんなすてきな時間がありました。

誕生日の四、五日後から、ＩＳＡの全国セミナーが神戸で開催されました。開催地は六支部が順番に受け持って行われるそうですが、ちょうどその年は、神戸支部が担当だったそうで、委員長になったばかりの貴光は、その議長として準備段階から当日まで奔走し、一週間で五、六時間しか寝ていなかったと言っていました。しかし、この合宿で、日ごろ会えない全国の仲間たちと一週間近く合宿できることを、とても楽しみにしていました。

貴光が人生で得たよき仲間たちと最後に集まってお別れができたことは、遺された私にとっても、ほんの少しですが、慰めになりました。責任者として全国セミナーを終えた貴光は、疲労困憊の様子でした。年末の帰省は一二月二九日でした。

「魔の刻」は、じわじわと詰め寄ってきていたのですが、私たちは楽しく大晦日を過ごし、一九九五年の元旦を迎えたのでした。大学生になって二度目のお正月でしたが、これまでだったら、高校や中学時代の友人たちから誘われて、お正月三が日を自宅で過ごすことはありませんでした。

しかし、一九九五年のお正月は、どこにも出かけず、電話での誘いをすべてお断りしていました。年末までの激務で疲れていたにもかかわらず、自宅にいても早く起きてきて、語り合いました。

私を見て「お母さん、背中が少し曲がってきたねぇ。ちょっと畳の部屋に座ってごらん」と私を座らせ、背後に回ってゆっくりゆっくりストレッチを施してくれました。私の背骨に自分の膝を当て、両脇から腕を通し私の胸筋を広げるように、ゆっくりと後方に引き上げてくれました。無理のないように静かにゆっくりと。

剣道部でストレッチをしていたから、それを応用して、義母の介護で疲れた私の体を癒してくれたのだと思います。その優しさの伝わる三〇分のストレッチの間、私は涙が流れ続けました。

これが最後の置き土産になるなどと脳裏をよぎることさえなかったけど、きっと私は、貴光が生きているうちにお別れの涙を流したかったのかもしれません。その日からちょうど二週間後の本当のお別れのときには、そばで見送ってやることもできず、貴光は寂しく独りで逝ったのですから。

最後のお正月となった三日間で、今思えば、彼は遺言のようなことをたくさん語りました。

「あぁ……この家にいると落ち着くなぁ。この土地はどんなことがあっても手放さないでほしいな」

「国連で働いて、自分が果たさなければならない仕事は五〇歳までに目途をつける。それからは、後継者の人材育成に携わるために、広島に帰って大学で教鞭を執る方法もある。今年から始まるゼミも、希望通り木村修三先生のゼミに受かったし、木村先生の生き方も参考にさせていただく。本も書きたい。その初版発行の際に、『金岡俊信先生に捧ぐ』と記したい。安古市高校で金岡先生と会うことがなかったら、今の自分はないと思う。恩人なんだ」

「お母さんは今まで、自分のために生きることなく、すべて人のために生きてきた。これからは自分の好きなことをしてほしい。好きなことを見つけてほしい」

これらの言葉を思い出すとき、貴光の優しさに触れ温かい涙も流しますが、悲しみもいっそう深く感じられ孤独の涙に心が凍ることもたびたびあります。

こうして最後のお正月を過ごして、一月四日に西宮市夙川のアパートへ帰りましたが、帰る前に、広島護国神社へ初詣に行きました。毎年お詣りして破魔矢を買っていました。昨年の破魔矢を返納し、新しい破魔矢を貴光が選びました。選ぶのはいつも貴光でしたから、その年も彼が選んだのですが、紫色に染められた矢に「夢かなう矢」と書いてある珍しい破魔矢でした。

夢かなう……。夢かなうどころか、その日から一三日後に、命を絶たれた貴光でした。何のための初詣だったのか？　何のための破魔矢だったのか？　私は翌年から初詣に行けなくなってしまいました。今も、この破魔矢は家にあります。あのころの夢いっぱいの息子の思いを消したくないから。

広島駅の北口で車から降りた貴光は、「じゃぁ！　行ってきます！　お母さん体に気をつけてね」と言って握手を求め、大きなショルダーバッグを右肩にかけ、大股でスタスタと歩いて駅のコンコースに消えていきました。

一九七三年一二月二〇日、寒い朝に生まれてきてくれた「バンブー・プリンス」は、一九九五年一月一七日の寒い寒い朝、月の世界へ帰って行ったのでした。

第四章

慟哭の始まり——阪神・淡路大震災

大震災当日

一九九五年のお正月、床についたままの義母は、貴光の帰省を確認できましたが、喜怒哀楽の表情はまったくないままでした。返事は首を振る程度でしたが、それでも貴光は、おばあちゃんの部屋で話しかけていました。

一月四日に夙川へ帰ってから亡くなるまでの一三日間は、私は一人で義母の介護やお正月後の片づけなどに疲れていたので、当時のことは記憶にありません。

一月一三日の夜から夫が帰ってくるというので、その準備に取りかかるころからの記憶はよみがえります。夫の話によると、一月一四日（土）、一五日（日・成人の日）、一六日

（月・振替休日）と会社は三連休になっていましたが、お正月に長期休暇で帰省したばかりだから、この三連休は帰らないと、貴光と話し合ったそうです。

するると、「お母さんは、一人でおばあちゃんの介護をしているんだから、用事がないのなら帰ってあげたほうがいいんじゃないの？」と、言ったのだそうです。彼は塾の授業や学業、サークルと予定が詰まっているので、時間が空かなかったのでしょう。夫は、息子に言われて、それもそうだと気づいて帰って来ました。

夫は、三日間介護を手伝って、一月一七日（阪神・淡路大震災発生）の朝、広島駅始発の新幹線で、大阪の会社へ出社する予定でした。私が広島駅まで車で送って行くのですが、冬は坂道でカーブの多い自宅付近では、雪が降ると乗用車では危険です。しかも午前五時五五分には出発しないと間に合わないので、凍結でもしていたらさらに危険です。タクシーを予約するかどうか悩んでいました。私は前夜、何度も外に出ては空を見上げました。天気予報でも雪が降るとの予報はなく、車で送ることを決めました。

そのとき見上げた漆黒の空には、まん丸い大きな月が出ていました。「満月なのかな？」と思いながら見ましたが、その月の色が赤く異様な輝きを放っていたのをはっきり記憶しています。

一七日の朝五時前に起床した私は、まずカーテン越しに雪が降っているかどうかを確認しました。外は真っ暗でしたが、部屋の明かりで植木が見えて、雪が降っていないことを確認し、朝食の準備を始めました。

夫が食事を終えたころ、五時五五分に近くなったから車を出す準備をしなければいけないなと思いながら流し台で食器を洗っていると、突然、ドン！ ドン！ と二回、大きな音がしました（午前五時四六分、阪神・淡路大震災発生についてはまったく知らなかった）。「今の音は何なのか？ もしかしたら、屋根の雪が落ちたのでは？」と不安になって玄関の外へ飛び出してみましたが、雪は降る気配もなく積もってもいなくて一応安心はしましたが、大きな音の原因が分からないことに疑問は残り気がかりでした。

しかし、以前野良猫が隣家の車庫の屋根に飛び下りることがあり、そのときに同じような音がしていたので、猫の仕業だったのかと思い、それ以上は深く考えもせず、広島駅まで夫を送りました。

六時二〇分ごろUターンして家路に向かう途中、何気なくラジオのスイッチを入れました。いつもの私なら、テープにダビングした音楽（当時はまだCDが普及していなくてカセットテープが主流だった）を聞くのですが、その日に限ってラジオを聞いたのでした。「神戸で大きな地震があり、新幹線は線路の点検のため始発から運休しています」とアナウンサーの声。

「たいへんだ。遅刻するのでは？」と思いましたが、連絡の方法もありません。現在のように携帯電話があれば、すぐ連絡できたでしょうが、当時はそれもなく、公衆電話から自宅の固定電話にかけるしか連絡方法はありませんでした。とにかく早く家に帰って、電話を待とうと思いましたが、まさか、神戸や西宮の町が崩壊し、貴光がコンクリートの下敷きになって死の苦しみと闘っているなどとは、想像だにしていませんでした。

家に帰って真っ先にテレビをつけると、そこに現れたのは神戸の町でした。とはいっても、六時四〇分ごろでしたから、それほど深刻な映像ではなかったと思います。夫からの連絡がないので、貴光に聞いてみようと電話をかけましたが、彼は出ませんでした。一度切ってかけ直してみると、ＮＴＴのほうで通話ストップの音声案内が流れていました。

「これは、ちょっとひどい状況かもしれない……」と不安になり、テレビの画面を見直しました。空はすっかり明るくなり、テレビの映像も被害の広がりが見えるようになりました。突然目に飛び込んできた高速道路の倒壊映像！　私の心臓は早鐘を打つように激しく脈打ち、手足が震えてきました。独りでは何も考えられず、貴光に何度も電話をかけてみましたが、毎回不安と心配がつのるだけで、それを解消する手段はまったくありませんでした。

次に思いついたのが、宇部にいる妹のことでした。誰かにこの不安感を共有してほしかったのでした。妹は、広島よりもっと西に住んでいたので、電話の声では、地震についてそれほど深刻にとらえている様子を感じられませんでしたが、テレビを見て次第に不安感を抱くようになったようでした。

午前一〇時ごろ、やっと夫が帰ってきました。「たいへんなことになった。広島駅からあらゆる交通網を調べ、何とか神戸に入る手段がないものかと思って動いてみたが、すべてストップしていて身動き取れない。車で行くことはたいへんな迷惑になる。電話は通じないが、公衆電話からだったら通じることもあるという情報を得た」と言って近所のスーパーの公衆電話まで出かけました。

そして、貴光の所へ電話をかけ続けました。大阪には義妹がいるので、そこにも電話をかけてみましたが、通じませんでした。八方ふさがりで、その空間がどんどん狭まる心理状態の私は、呼気が荒く体は宙に浮いているようでした。

お昼過ぎに宇部の妹夫婦が車で来てくれました。私は、やっと落ち着きを取り戻しましたが、心臓の動悸は静まりませんでした。夫は公衆電話から会社に通じたと言って帰ってきました。会社の人たちが、自転車で夙川へ行ってみると言ってくださったという情報に、なぜか貴光とつながったような気がして、大丈夫だと安堵感をおぼえました。

しかし、こちらから会社に電話して確認しても、現地からの連絡がなかなか入らないので、状況報告は、たいへん時間がかかりました。夫は数時間おきに公衆電話まで歩いて行って、会社と連絡を取り合っていましたが、「夙川の様子は分からない」の一点張りでした。

そのとき私は、貴光のことで頭の中がいっぱいで、他のことはまったく心に映らず、夫の様子が変だということに気づきませんでした。そのころには会社から、貴光は助からないだろうという知らせがあったようでしたが、夫は私に告げることができなかったようです。今でも、夫の口から直接は聞いていません。

夫は何度目かの電話をかけて帰宅したとき、義弟(妹の夫)に、首を横に振って知らせたそうです。このことは、ずいぶん時が経って義弟から聞いて知りました。

西宮市夙川へ

こうして、一月一七日は、早朝から心配……心配……心配の連続で、暗い夜を迎えました。午後九時ごろでした。突然、電話のベルが鳴り響き、私は、「もしや！」と、貴光の声を期待して受話器を取りました。が、その声は広島にいる私の友人でした。

「貴光君から連絡あった？　神戸へ行くにも行けないと思っていたけど、今、ＮＨＫのニュースで、明日一八日に、広島空港から伊丹空港まで飛行機の臨時便が出るというテロップが流れたのよ。私の見間違いかもしれないから、ＮＨＫに電話して確認してみて！」

という連絡でした。

すぐＮＨＫへ電話してみましたが、時間外で留守電になっていて連絡できませんでした。義弟が、すぐ広島放送局まで車で行ってみようと、夫と一緒に出かけました。局の入り口は閉まっていて、警備員の方にお願いして、報道部に確認していただいたら、その情報は確かだということが分かりました。

その夜は一睡もできず、明日への準備をしました。リュックサックを出してきて、その中に飲料や食料、貴光の着替えなどを詰めましたが、何をどのように詰めたらいいか、私は冷静に判断できない状態でした。

一晩中まんじりともしないで朝を迎え、旅行社へ電話をかけましたが、話し中が続いてつながりません。やっとつながり、二席確保できました。義弟が車で広島空港へ送ってくれて、臨時便の伊丹行きへ搭乗することができました。

私たちは機内でも無言のままでした。後で考えれば夫はすでに息子の死を知っていたのですから、私に話しかける言葉がなかったのは当然だと思いました。

私もまた、心痛のあまり誰とも話をしたくない心境でした。ただひたすら心の中で無事を祈り、また無事であると信じていました。心のどこかで一瞬でも、「駄目かもしれない……」と思ったら助かるものも助からないと、気丈に、前向きに考えるように心がけました。

伊丹空港に到着して、阪急電車に乗り換えようとして、愕然としました。高架になっていた駅のホームから電車の車両がずり落ち、ぶら下がり状態で脱線していました。

神戸の町が悲惨な状況だということで、震源地は伊丹から遠いと思っていた私は、このあたりまで衝撃的な状況が広がっていることに、不安が募りました。しかし私は、「絶対信じている。絶対大丈夫」と自分に強く言い聞かせて歩きました。

途中の駅から西宮北口駅まで電車が動いていたので、その電車に乗り込みました。車窓の風景などまったく覚えていません。貴光の顔ばかり浮かんできて、その他のものは目に入らなかったのです。電車の中が混み合っていたかどうかも覚えていません。息苦しく感じたことが記憶に少しあるようなないような、それもはっきり思い出せません。

伊丹から歩いたこと。電車に乗ったこと。西宮北口駅に着いたこと。それらが断片的に思い出されるだけですが、西宮北口の駅周辺のことは、はっきり記憶に残っています。そして、そこから夙川駅まで歩いたこともよく覚えています。あまりにも衝撃的な状況であったからでしょう。

民家はお辞儀したように頭を垂れ、二階の屋根が私の目線の高さに潰れていたり、電柱が斜めに倒れ、電線が私の首のあたりまで垂れさがっていました。車道も歩道も見分けがつかないほど、倒壊した建物の建材が散乱していました。アスファルトの道路は裂け、陥没しているのか隆起しているのか、階段のように段差がついていました。

町を歩く人びとは皆リュックサックを背負い、誰一人しゃべることもなく、黙々とひたすら歩いていました。ひどい砂ぼこりで、黄色い空気に覆われた町は昼か夕暮れか分からないような状況でした。

町のあちこちで響き渡る救急車のサイレンの音以外は何も聞こえない戦場跡のような町を、迂回して迂回して……歩いて歩いて……やっと夙川のマンションN近くまでたどり着いたとき、夫が叫びました。「建物が見えない。この位置から見え始めるはずなのに……」。私は、その言葉にさえ反応せず気丈に歩きました。「絶対大丈夫！ 絶対大丈夫！」と。

「加藤さんですか？」「はい」。突然男の人が二人、私の両サイドに立ち手を取ってくださり、「奥さん、お気を確かに……」。

私は声も出ず、その瞬間膝がガクッと折れたような感覚で倒れそうになりました。両サイドのお二人の腕に力がこもった瞬間までの記憶はあるのですが、それから、どこをどのように歩いて行ったのか、その間の記憶がまったく消えてしまいました。

貴光の死

賽《さい》の河原を彷彿《ほうふつ》とさせる、崩れた大小のコンクリート片が岩場のように迫りくる一角の、畳一畳ほどの平らな地面に布団が敷かれ、掛け布団の端から砂にまみれた髪の毛が見えました。見知らぬ人に両脇を抱えられ、たどり着いた所がその狭い空間でした。

掛け布団を少しめくったのが、私だったのか誰だったのかまったく覚えていません。その場に誰といたのかもまったく分かりません。うつ伏せに寝かされた横顔を見たとき、初めて貴光だと確認できても、そのむごい現実を把握することはできませんでした。

否、把握したくなかったのかもしれません。お腹の底から湧き上がる無数の激情で、正気を失っていたのかもしれませんが、そのときの私を思い出せません。きっと泣いたと思いますが、涙が流れた記憶がありません。

帰省したときに着せようと思い、広島で買っておいたグレーのスエット生地のパジャマを、着心地がいいと彼は気に入り、夙川へ持ち帰ったのですが、最後の夜にそのパジャマを着て天国へ逝こうとしていたなんて……。そこまで気に入ってくれたパジャマだったのだと、狂乱のあの状況下で気づいたとき、初めて泣き崩れたような気がします。

顔には紫色にチアノーゼ反応が表れ、一見して即死ではないことが分かりました。苦しかったでしょう。つらかったでしょう。

ライフラインがすべてストップした午前五時四六分は、まだ真っ暗闇の時間です。誰もいない凍えるような寒さのなかで、何を思い、何を叫びたかったたか……。それを思うたびに、私は全身に尖った鉄の重りを乗せられ、金縛りに遭ったような状況に陥ってしまいます。

左手を頭上に、右手を顔の高さにかざしてうつ伏せになったまま、身動きひとつできず、寝室でもない所に横たえられて、自分の意思表示さえできなくなっているわが子の姿に、初めて取り返しのつかない非常事態が起こったことに気づきました。

「この子に限って起こるはずのない死」。心のどこかでそう思い、信じ切って子育てし、これからは息子の応援者であり続けたいと思って生きてきた私の過去も未来も、この瞬間、この地で、息子とともにすべて葬られてしまいました。

それからどれほどの時間が経ったのでしょう。私の記憶の中の現場には、私と貴光以外他の誰も存在していません。どなたかの車に布団ごと乗せられ、遺体安置所へ運ばれて行ったので、多くの方がたが関わってくださっていたことは事実だと思います。

何人かの方がたに話しかけられたことは断片的に記憶していますが、現場で起こったすべてのことがモノクロームのかすみに覆われたまま、何一つ鮮明な映像として私の心に残っていないのです。車で運ばれたことは覚えていますが、貴光が乗せられた同じ車だったのか、また別のどなたかの車だったのか、まったく覚えていません。降ろされた場所の風景も覚えていません。

記憶として残っているのは、学校の体育館に到着してからの行動です。その体育館は安井小学校の体育館だったということを後日知りましたが、そこには、大勢の人びとがぎっしり詰め込まれ、声もなく座っておられました。青ざめた顔のまま……。

私はどなたか分からない方の誘導で、その体育館の中央につけられた細い通路を歩きました。後で思えば、避難所になっていた体育館を歩いて、その奥にあった教室へ向かったのでしょう。遺体安置所とされた部屋は実習室のようでした。理科の実験室か家庭科実習室かだったと思います。数カ所に水道の蛇口が見えました。貴光はすでに運ばれていました。うつ伏せのままで……。

言い尽くせぬ悲しみ

部屋には数人の方がたの亡骸《なきがら》とともに、近親者らしき方がたが寄り添っておられました。私たちは、言葉を交わすことも目を合わせることもありませんでした。他の方がたと同じように、私は冷たい床に座りました。ぼうぜんと抜け殻のようになった私は、泣くことさえできませんでした。

教室の窓は開けられていて、冷たい風が吹き込んでいました。夕方になって、大阪にいる義妹夫婦が食料と古新聞をたくさん持って来てくれました。「床に新聞紙を敷くと冷気が和らぐから」と言って敷いてくれました。「何かお腹に入れると温もるから食べて」と義妹はおむすびと卵焼きを作って来てくれました。その卵焼きを見たとき、初めて貴光との思い出がよみがえり、号泣してしまいました。

中学時代の貴光が気力を失い道をそれて歩き始めたころに、苦しみの果てに私なりの決断をした「お弁当作りで愛情表現」の日々の思い出が、走馬灯のように脳裏をよぎりました。栄養的にも色彩的にも、お弁当に卵料理は欠かせませんでした。毎日工夫してレシピを考え作りました。

貴光が大学に入学して学食に頼ることが多くなったとき、初めて「お袋の味」を懐かしく思ったと言ってくれました。「特にお母さんの出し巻き卵は絶品だったね」と言って私を喜ばせてくれました。

その卵焼きが、目の前にあり、貴光が私の傍らにいるのに、懐かしんで話し合うこともできなくなった。もう二度と「お母さんの出し巻き卵は最高だね」と言って喜んで食べてくれる貴光はいない。そう思ったとき、これから生きていく気力を失くし、絶望の底に突き落とされたのでした。

遺体安置所がどんな所で、何を意味するのか、そのとき初めて我に返り認識できたような気がします。泣いて泣いて……泣き続けました。貴光が亡くなった……。私の目の前で眠っているようだが、まったく動くこともできず、私を見つめてくれる瞳も失ってしまった息子……。

あれほど世界中の人びとを思い、「世界中の人びとが幸せでなければ、自分の幸せもない」と言って、自分の人生を世界平和に貢献するために捧げると決意した息子のあの強固な意志はどこへいったのか。正義感、行動力、博愛の精神は息子とともに、闇に葬り去られるのか。これからの世界を平和の道へつなぐ使命は誰が担うのか。本当にもう二度と彼は夢を追えなくなってしまったのか。

悪夢ではないのか……。悪夢であってほしい……。堂々巡りの思いのなかで、私は彼がよみがえってくれる奇跡を願い続けました。

「びっくりした？　生きてるよ！」と茶目っ気たっぷりに起き上がってくれないものか。

私の心の中では、さまざまな思いが湧き起こり収拾のつかない精神状態であったように思います。

夫の会社からも駆けつけてくださいました。段ボールを何枚も運び入れ、私たちが座る床に敷き詰めてくださいました。義弟が敷いてくれた新聞紙の上にそれを敷くとより効果があるからと言って作業を惜しみなく進めてくださいました。カイロもたくさん持って来てくださいました。また、会社の食堂の調理師さんたちにお願いして、おむすびやおかずなどの食料や飲み物も運んでくださいました。

日本赤十字社から配布された毛布にくるまって、寒さをしのぎました。何か食べなければいけないと皆さんから言われても、何ものどを通らないことを申し訳なく思う気持ちを取り戻せたのは、多くの方がたの優しさでした。

孤独で凍ってしまいそうな心が、人びとの優しさで溶けていったのだと思います。

時は過ぎていたようですが、私には時間の感覚はまったくありませんでした。

頻繁に襲う強い余震。頑丈な小学校の壁が揺れ、天井が回っているようでした。その瞬間、私は反射的に、貴光の体の上に覆い被さっていました。とっさに湧き出た母性だったのでしょう。余震が治まるまでそのままの状態で身じろぎもせず、揺れが終わるのをひたすら待ちました。

そして揺れが落ち着くと、私はハッと気づくのでした。「この子はもう生きてはいないのだ」と。その瞬間のよりどころのない孤独感と虚無感を思い出すたびに、今でも、私の心の傷は、ザクロのように大きく口を開くのです。

夜になって、若い学生たちがグループでやって来てくださいました。面識のない若者たちを見て、貴光の友人でISA関係の人たちだと直感しました。その中の代表格の女子大生が、自己紹介と皆さんの紹介をしてくださいました。彼女の顔色は蒼白で疲れた表情で立ちすくんでいました。

「私はISA神戸支部の松本と申します。加藤君と一緒に活動していました。今、仲間たちが加藤君に会いたいと駆けつけてくれました。会わせていただけますか?」

ほんの二週間前のお正月に、ISAの仲間たちや全国セミナーについてたくさん話してくれた貴光は、もの言わぬまま横たわっているのです。その貴光の話の中に登場していた私の知らない学生たちが目の前にいる。この状況が私には理解できなくて、貴光が生きているものと一瞬錯覚してしまいそうでした。しかし、すぐに、貴光や自分のおかれている状況に気づき、慟哭《どうこく》はさらに深くなり心臓をえぐられる思いでした。

みんな涙を流してお別れしてくださいました。「お別れ」。今まで何回となく使ってきたこの言葉には、こんなに悲しい感情がこめられていたことを初めて実感しました。

その夜、最後に訪ねてくださった神戸大学の学友である志賀文哉さんとご両親にお会いしたとき、私は全身の力が抜けてしまうほど号泣してしまいました。わずか三カ月前に貴光と一緒にわが家へ来てくださった文哉さんが、貴光の前で号泣し、一言も言葉をかけられない状態になってしまったのでした。三カ月前のアジア競技大会の思い出があまりにも悲しい思い出になったことを、ご両親もとても悔やんでくださいました。あの楽しかった日々を、貴光は天国へ持っていけるのだろうか……。遺された者だけの思い出ならば、思い出とは悲し過ぎる……。

地震発生から二日目。わが子の亡骸に寄り添っていることは、言葉にならないつらさがありましたが、一七日から消息が分からなかった心痛の時間を経ての二日目の心境は、心に落ち着きを取り戻したような、なんとも理解し難い複雑なものでした。

翌日一九日、警察による検案があるものと思っていた私たちは、広島へ帰ることを視野に入れ、心の準備をしていましたが、夕方になっても警察の方がたは来られませんでした。また一日何もしないまま、余震に揺れる遺体安置所で眠れぬ夜を過ごしたのでした。

二〇日も、早く連れて帰りたい一心で、傍らに座っていました。夫の会社では、霊柩車の手配をしてくださったそうですが、一台もなかったようでした。検案が済んでも、帰ることができなかったらどうしようと心配は募るばかりでした。全身に極限の悲しみをまとっているうえに、不安や心配やいらだちのストレスが重なるのですから、私の心のバランスは完全に狂ってしまいました。

そのとき、警察の方がたが部屋に入って来られ、貴光の体は彼らの手で調べられました。親戚の者が数人来てくれていましたが、その中の一人に私は肩を抱かれ、検案の場から遠くへ連れて行かれました。仕方のないことではありますが、否応なしに他人に身体を調べられ、人間の尊厳を失ってしまったわが子を見るのは耐えられないことで、無念で無念でたまりませんでした。

死因「胸部圧死」

死亡推定時刻「一月一七日午前六時」

書類に書かれた筆跡を、今でもはっきり記憶しています。地震発生時刻から約一五分。胸部を圧迫されたら一五分しか生きることはできないのか……と思いましたが、あの子にとって、この一五分はどれほど長い時間であったことか……。

救出を試みてくださっていた近隣の方がたの証言によれば、貴光は当初、床をトントンとたたき続けていたそうです。そのとき助けられていたら……。

思えば思うほど心の痛みは激しく、わが子の痛み、苦しみを、わが身のこととして感じ、私もまた、死の苦しみを体感したような気がします。

そのころも引き続き夫の会社では、霊柩車を探すことに労を費やしてくださっていたようです。安井小学校での検案が終わったころ、会社から霊柩車が一台確保できたとの一報が入りました。貴光は、安置されていた布団から、西宮市から送られた白木の棺《ひつぎ》に移されました。

身長一七五センチ、体重七〇キロで肩幅の広い大柄な体には合わない、普通サイズの棺に入れられた息子……。関節を折る音が部屋中に響きわたりました。なんと惨いことを！ 母親の私には耐えられない場面でした。泣くというより、うめき声しか出ない、魂の抜け切ってしまった私がそこにいました。

霊柩車に乗せられた棺の中の貴光を見て、やっぱりよみがえりはないと失意のどん底に突き落とされた私でした。どの道を、どのように走っているのか分からないまま、夫は助手席に、私は棺の隣に乗って帰りました。

「広島へ帰るなんて、タカの意思に反するよね。ごめんね……ごめんね……」。私は心の中で何度も謝りました。

ふと、窓の外を見ると、懐かしい風景が目に飛び込んできました。そこは、神戸大学の前でした。運転手の方は何もご存じないのに、そこを通って帰ることができたのでした。私の悲しみはいっそう高まり車の中で号泣してしまいました。「高校時代から、あれほどあこがれ希望を持って入学できた大学だったのに、卒業も果たせないままこんな形でお別れしなければならないなんて……ごめんね……ごめんね」。私は錯乱状態でした。

何時間も霊柩車に揺られ、やっと広島の自宅に到着したのは夕刻迫るころでした。私たちの帰りを待って、ご近所の方がたもたくさん集まってくださっていました。それを見ると、またいっそう悲しみは深まり目礼するのが精いっぱいでした。

お通夜のこと、葬儀のこと、段取りは次々立てられ、ただ私は流れのままに漂っているだけでした。「一番上等の大きいサイズの棺に替えてやってください」。母としてのたった一つの最後の贈り物が、こんな悲しいものになるとは……。

お通夜は二〇日の夜と二一日の夜の二日に渡り執り行われました。なぜか分かりませんが、友引か何かによってそうなったのでしょう。今でも聞く気になれなくて、分からないままです。一七日の早朝亡くなったのですから、死後五日も経っていました。一日でも長くそばにいたいのが親心ですが、時が経つにつれ早く荼毘《だび》にふしてやりたいと思わざるを得ないことの悲しさは文言に尽くせません。

きれいに体を清め、泥のついたパジャマから着替えさせてやりたかった。でも、一番お気に入りのパジャマのままで旅立ったのもよかったよと言ってくれているのではないか。思いは複雑に絡み、そのすべてが慟哭へとつながっていくのでした。

一月二二日、たくさんの参列者にお見送りいただき、土砂降りの雨の中を彼は白い煙となって、天に昇っていきました。

貴光が二歳のころ、土砂降りの雨を家の窓から眺めながら、「雨が降ります　雨が降る遊びにゆきたし傘はなし　紅緒のカッコも緒が切れた」と歌ってやったら、突然ポロポロ涙を流したあのかわいい瞳も、うなじも、柔らかい髪の毛も、あの煙の中に持っていかれたと思うと、悲しみや虚しさは、悔やんでも悔やんでも悔やみきれない母親の慟哭の始まりとなっていったのでした。

第二部

絶望から希望へ

中扉写真：中央が著者（広島と福島を結ぶ会主催・上本訓久《のりひさ》クリスマス・リサイタル、二〇一四年、延和聰《のぶかずとし》さん提供）

第五章　出会いの原点

息子の手紙が読売新聞全国版に掲載

葬儀が終わり、新たな悲しみや虚脱感などに襲われる日々が始まりました。小さなつぼに収まってしまった大きな息子を抱きしめながら、私は毎日泣き続けました。

そんな私に、「泣くな！」と一喝する夫。彼も耐えられなくてそうとしか言えなかったのだとは思っても、孤独の底に沈み動くこともできない私には、それを受け入れることはできませんでした。

私はさらに孤独に陥り、自分に命あることが苦しくて、心は常に死の世界へ傾いていました。泣き過ぎて眼球の毛細血管が切れ、片目が異常に赤く染まりました。それを見て驚くとともに、それがまた慟哭への引き金にもなりました。何を見ても、何を聞いても涙なみだの毎日で、心身ともに疲弊しきっていました。思考力もなくなり茫然《ぼうぜん》自失の時を漂流していた私でしたが、お葬式から一週間も経たないある日、一本の電話を受けました。

「読売新聞社の記者をしている〇〇と申します。このたびの震災で息子さんを亡くされ、お悔やみ申し上げます。実はお電話差し上げましたのは、私たちの新聞社は関西が本社です。地元の新聞社ですから、この震災をいつまでも伝えていきたいと願っています。このたび、追悼特集として、神戸大学で犠牲になられた方がたの、生きてこられた軌跡や、未来への夢などをお聞きしたくご連絡いたしました。取材を受けていただけるようであれば、これからおうかがいしたいのですが」というお話でした。

私は当時、どなたにもお会いしたくなかったので、付き添ってくれていた私の妹に、面会はすべてお断りしてほしいと伝え、多くの方がたに、失礼なことをしていました。しかし、「神戸大学犠牲者追悼特集」だと聞いて、お断りできませんでした。「もう二度と自分の足で歩くことはできず、志を果たすこともできなくなった貴光の、将来への夢くらい代弁をしてやらなければならない」と思ったからでした。若い女性記者が、玄関前に立たれたのは、それから間もなくでした。

顔色は青白く、こわばった表情で深々とお辞儀をされる彼女の姿に、私の心は少し落ち着きました。仏間にお通しして、貴光が抱いていた志や、それに向かって努力を重ねた日々のことをお話ししました。彼女はペンを走らせながら、優しく質問をされました。その彼女の年齢も、貴光と近いことを察し、心を開いてお話ができたのでした。

数時間の取材が終わったころ、彼女から、最後にもう一つお願いがあると言って、貴光と私の間で、思い出に残るエピソードを聞かれました。

私は少し考えてみましたが、思い出がたくさんあり過ぎて、なかなか絞ることができませんでした。そのとき、ふと思い出したのは、大学に入学するときに私あてに書いてくれた、あの手紙のことでした。

「そういえば、私あてに遺してくれた、生涯たった一通の手紙があるのですが……」。「その手紙、よろしかったら見せていただけませんか？」という経緯で手紙が記事になり、一九九五年二月一日付の朝刊に全国版で掲載されたのでした。

その反響の大きかったことは、後に新聞社の方からお聞きしました。

新聞に掲載された手紙を読まれた全国の読者の方がたから、読売新聞本社へ問い合わせの電話やＦＡＸが殺到したそうです。

私の元へ、見ず知らずの方がたからお花をいただいたり、お手紙をいただいたり、落ち込んでいた心に、たくさんの温もりをいただきました。

悲嘆の人生を歩むことになった私の前に救いの手を差し伸べてくれたのは、貴光が遺してくれた、生涯たった一通の手紙でした。それをすくい上げて、さらにパワーアップさせたのが、読売新聞の記事でした。

手紙を書いてくれた貴光の心も真剣でした。私もまた、自分に与えられた環境で真剣に生きたからこそ、息子が認めてくれたのかもしれません。私たちの生き様を認めてくださった新聞社が真剣に対応してくださったから、今日へつながり広がっていったのかもしれません。

私は大切な命を失って、極限の悲しみと孤独を知りました。その空虚な心を埋めるモノは何もありませんでした。ただ一つだけ、人の優しさに一瞬満たされた気持ちになれました。その小さな優しさの積み重ねがバネになり、一歩また一歩と前に進むことができました。その第一歩の所で、ポンと背中を押してくださったのが、読売新聞社の方がたと購読者の皆さま方でした。数多くの感動の出会いのなかから、一部を綴らせていただきます。

法学部二年加藤貴光さん(二一)(広島市)は西宮市のマンションで圧死した。同居中の単身赴任の父宗良さん(四四)は実家に帰っていて無事だった。

「国連職員か国際ボランティアになる」のが夢で、自宅にアジアの留学生をホームステイさせ、韓国へも交流に行った。

丑《うし》年生まれで愛称は「ウシ」。荷物を持ったおばあさんを見つけると「飛んでいって手伝うようなやさしい子でした」と母律子さん(四六)。貴光さんは入学する時、神戸まで送った律子さんのコートのポケットに手紙を忍ばせた。地震後、遺体安置所で、いつも免許証入れにはさんである手紙を読み返した母は、あふれる涙を抑えることができなかった。

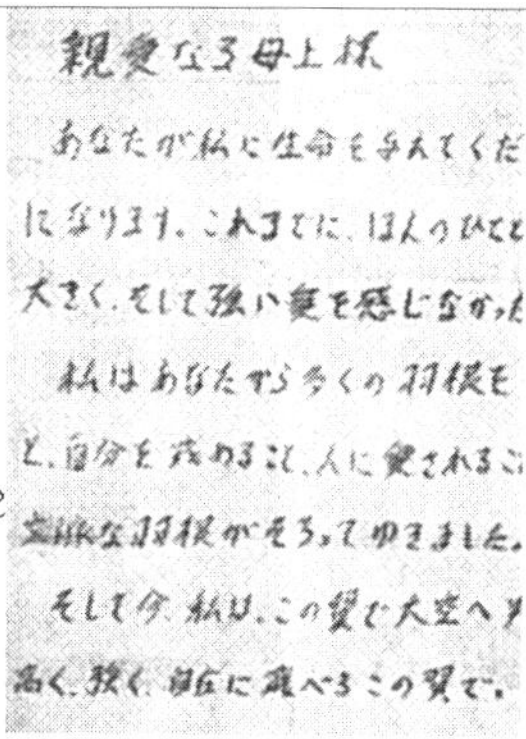

加藤さんが母にあてて書いた手紙

あなたにもらった翼で大空へ翔び立ちます

母あて〝20歳の手紙〟悲し

親愛なる母上様

あなたが私に生命を与えてくださってから、早いものでもう20年になります。これまでに、ほんのひとときとして、あなたの優しく温かく大きく、そして強い愛を感じなかったことはありませんでした。

私はあなたから多くの羽根をいただいてきました。人を愛すること、自分を戒めること、人に愛されること……。この20年で、私の翼には立派な羽根がそろってゆきました。

そして今、私はこの翼で大空へ翔《と》び立とうとしています。誰《だれ》よりも高く、強く自在に飛べるこの翼で。

これからの私は、行き先も明確でなく、とても苦しい〝旅〟をすることになるでしょう。疲れて休むこともあり、間違った方向へ行くことも多々あることと思います。しかし、私は精一杯やってみるつもりです。あなたの、そしてみんなの希望と期待を無にしないためにも、力の続く限り翔び続けます。

こんな私ですが、これからもしっかり見守っていてください。住む所は遠く離れていても、心は互いのもとにあるのです。決してあなたはひとりではないのですから……。

それでは、くれぐれもおからだに気をつけて、また逢《あ》える日を心待ちにしております。最後に、あなたを母にしてくださった神様に感謝の意をこめて。

翼のはえた〝うし〟より

読売新聞 1995年2月1日

Aさんとの出会い

読売新聞の読者のお一人から、新聞掲載直後に、かわいいお花と電報が届きました。あて名を「加藤貴光様」と書いてくださり、電文も貴光に対しての語りかけでした。親は子の幸せを願い、考え抜いた末、命名します。そのいとしい名前が、死によってこの世から抹消されていくときの親の気持ちは、無念の悲しみ以外のなにものでもありません。貴光が亡くなって一六年間、毎年お花と電報を送り続けてくださったその方は、まったく面識のない方だったのです。「読売新聞の記事を読み、感動してそれを切り抜いています。貴光さんにお会いしたかった」と言ってくださいました。

その方は、茨城県にお住まいのAさんとおっしゃる方でした。当時、ご長男が二二歳、ご次男が二〇歳だと言われ、享年二一歳だった貴光が、ちょうど彼らの真ん中にいるので不思議なご縁だと思い、忘れることができないと言ってくださいました。

そのお気持ちがうれしくて、心が空洞になってしまった私に、生気を取り戻すきっかけをいただきました。毎年、欠かさず一月一七日に届く、貴光あてのお花と電報に、どれほど心救われたことか。電話でお話ししたり、お手紙を書いたり、温かい交流が始まりました。

東京へ行ったときに初めてお会いしましたが、優しくて温かくて、楚々とした方でした。遠く茨城にも、私を受け止めてくださる方がいると思うことで、落ち込んでも立ち上がることができました。

しかし、その方は二〇一三年四月一八日に亡くなられました。今思えば病が発症したころから、お花が届かなくなりました。その方はご自分の病については口外されることなく、ひたすら「生」への望みを持ったまま、そっと旅立たれたそうです。私がAさんのご逝去を知ったのは、その九カ月後にあたる二〇一四年のお正月でした。ご主人様からのお便りで、前年亡くなられたことが分かったのでした。

最後にいただいた年賀状は、亡くなられる年のお正月に届きました。退院直後おつらいなかでの絵手紙だったそうですが、筆遣いも力強く、「生」への強い意志を感じる年賀状でした。私はご病気のことをまったく知らなかったので、突然訃報をお聞きして、激しく動揺しました。悲しくて悲しくて涙が止まらず、心にまた、ぽっかりと大きな穴が空いてしまいました。

ご主人様のお話によれば、貴光が書いた手紙「親愛なる母上様」の全文を、今でも壁に掛けてくださっているとか。私が憔悴し息絶え絶えに喘《あえ》ぎ苦しんでいたとき、知的で温かい思いを届けてくださったAさんは、貴光が結んでくれた、かけがえのない友でした。亡くなられた後も、私の心の中で生き続けています。深い感謝とともに。

広島テレビ放送との出合い

二月一日付の新聞記事を読まれたテレビ局各局からも取材の依頼がありました。なかでも特別真摯に向き合っていただいた広島テレビ放送との出合いがありました。

当時広島テレビの記者であった徳永博充さんから、取材の申し込みをいただいたのは新聞掲載された直後でした。知性、品性はもちろんのこと、他者への配慮、行動力などすべてを兼ね備えられたすばらしい方でした。

あの手紙を一九歳の青年が書いたということで、たいへん感動してくださり、加藤貴光という人物をもっと深く知りたいと取材を申し込んでくださったのでした。

私は、徳永記者の「神髄に迫る取材」に対して、全幅の信頼をおき、心を開いてお話しすることができました。徳永記者は海外特派員としても活躍され、国内外の情勢にも精通された敏腕記者でした。アメリカにも駐在され、南米や国連でも数多くの取材をされた方でした。だからこそ、貴光の未来への夢が絶たれたことの無念を、誰よりも強く感じ伝えなければならないと思ってくださったのだと思います。

取材は、とても丁寧で細部にいたる事柄までも拾い上げてくださいました。広島の出身校や大学で貴光と関わりのあった方がたにもアポを取り、きめ細やかな聞き取りをされたようでした。阪神・淡路大震災で犠牲者となった、たった一人の人間を、一本の報道番組に仕上げていただくまでに、多くの時間と労力を費やしてくださいました。

まだほこりが立ち込め、生々しく悲惨な状態で崩壊したままのマンションNの前にたたずみ、ルポされていたあの映像を忘れることができません。「テレビ宣言」という番組で放送していただきました。キャスターは柏村武昭さんでした。その番組の締めの言葉を徳永記者は次のように表現してくださいました。

「こうして、息子が遺して逝った夢のかけらを、母は丁寧に拾い集めて生きてゆくのです」と。

当時の私には、自分が未来を生きることなど考える余裕はありませんでした。ただひたすら悲しみの底に埋もれ喘いでいた状態でしたが、私は、番組最後のこのフレーズに希望の光を浴びたような気がしました。私に出会い徳永記者が感じてくださった、深い言葉だったのだと思います。

その番組は、日本テレビによって全国放送までされたことで、私は、徳永記者が敏腕記者であることを感じました。しかし、徳永記者の人並み外れた魅力を知ったのはそれだけではありませんでした。

放送も終わり、少しずつ私の心が後退し始めていたある日、突然、徳永記者が、私を訪ねてくださいました。「私の中で消えない気持ちを今日こそ伝え、お詫びをしなければならないと思って参りました」と言われ、玄関前に立ったまま真剣な面持ちで語り始められました。

「一人の青年の生き様や人となりを知りたいと思い制作を試みるなかで、当初、どのようにすれば、正確な貴光さん像を掘り起こせるかと、悩みました。亡くなったお子さんのことを、亡くされた親御さんに聞いて、どこまで本質に迫ることができるだろうかと。

それで、私は、できるだけ多くの関係者の声を集めました。その結果、お母さんから取材させていただいた貴光さんと同じく、もしくはそれ以上の貴光さんの人物像が浮かびました。

私は、加藤さんに対して当初抱いた懐疑心を申し訳なく、恥ずかしく思い、自分の心が傲慢になっていたことを思い知らされました。このメディア界で、自分は数十年何を学び、何を果たせたのか、ずいぶん考えました。ごめんなさい。心から謝りたいのです。これからは、この思いを糧に精進したいと思っています。許してください」

濃紺のロングコートを着こなし、さっそうと歩かれるすてきな紳士が、私の前で深々と頭を下げ、涙を流されたのでした。私はただ驚嘆し言葉を失ってしまいました。

お話しされなければ私には分からないことなのに……。わざわざ訪ねてご自分の恥部をさらし、私ごときの人間に頭を下げ、何事にも真摯に努力を惜しまず生きておられる、徳永博充さんというすばらしい方に会わせていただいたことに、深い感謝と感動をおぼえました。

たった一通の手紙が引き合わせてくれたすばらしい人物との出会いは、私が抱いていたメディア界に対するイメージを一新し、他者との関わりの原点を教えてくれました。

徳永さんは、その後も後輩指導に当たられ定年退職されました。そして、現在は、広島経済大学経済学部メディアビジネス学科准教授として教鞭を執っておられます。私は、毎年一二月に、新入生ゼミの講義に呼んでいただき、学生たちにお話しさせていただいています。ほんの少しですが、徳永先生のお手伝いをさせていただけることも、「息子が遺して逝った夢のかけら」の一つではないかと思い、前向きに生きる力をいただいています。

現在は徳永先生として、後半の人生を歩んでおられますが、すばらしい方は、どの世界でも輝けるものだと実感しています。

徳永記者が表現してくださった言葉「こうして、息子が遺して逝った夢のかけらを、母は丁寧に拾い集めて生きてゆくのです」。貴光が亡くなって二〇年。私は、この言葉通りに生かされ、使命を与えられた現在を感慨深く思うと同時に、徳永記者の理解力、洞察力、対人力に、改めて感服する日々を送っています。

徳永記者との出会いが、現在まで引き継がれ、広島テレビ放送代々の記者、ディレクター、アナウンサーの方がたのご支援をいただいています。救いの手を差し伸べていただいていることで、私は自分の使命を果たすために、前を向いて歩けるようになりました。

神戸大学法学部の学友との出会い

「加藤君って、こんな手紙を書いていたんだ」

二月一日付の新聞を読んで、改めて学友であった貴光の内面に気づいてくださった学生がいました。

兵庫県宝塚市にお住まいの、当時神戸大学法学部二回生だった村上友章さんは、演劇部に所属し活躍していた学生でした。貴光とは同じ法学部で、共に学んでいましたが、特別親しい関係ではなかったようです。彼は三回生から始まるゼミに、五百旗頭《いおきべ》真《まこと》教授のゼミを選び、貴光は木村修三教授のゼミに決めていました。

当時私は、友章さんの存在をまったく知りませんでした。彼の存在を知ったのは、阪神・淡路大震災で貴光を亡くして二カ月後の三月の中旬ごろだったと思います。そのころの私は、自分がこの世に誕生して四六年間構築してきた数々の歴史が一挙に崩壊し、心虚ろで、現実から目を背けて生きていました。現実に焦点が合えば、慟哭の淵に突き落とされ、立ち上がれなくなるからです。

夫は葬儀が終わって二週間後には、職場復帰して大阪に戻り、私を独りにしておくのは心配だからとずっとそばにいてくれた実妹も、三月になると宇部の自宅に帰りました。

貴光が亡くなったことが分かったとき、妹夫婦は、自宅で介護していた義母を特別養護施設で介護していただくよう手続きしてくれました。貴光の亡骸が帰還するときには、入所完了の状態で迎えてくれました。そうして、葬儀が終わりすべての手続きを終えたときに、私はガランとなったわが家で、本当の孤独を味わったのでした。

向き合うのは、遺影の前で小さな箱に納められた、もの言わぬ貴光だけでした。

何のためにここまで生きてきたのか……。

何のために貴光は生まれてきたのか……。

何のために今、ここで私は息をしているのか……。

答えの出せない思いを巡らせては泣き崩れる毎日でした。人の優しさや感動も、当時の私には刹那《せつな》的で、明日への糧にはなりませんでした。テレビも新聞も見たり読んだりする気力さえありませんでした。

そんな三月のある日の夜遅く、夫と実妹の二人から電話がかかりました。

「村上君という貴光の友達を知ってるか？」

「貴光が亡くなったマンションNのコンクリート片を、セルビアの地に埋めている映像がテレビで放送され、読売新聞の貴光の記事がテレビ画面いっぱいにアップされたのよ！」

二人からの連絡に、私の沈んでいた心に一瞬灯がともったような気がしました。

「村上君の下の名前は？」という私の質問に、妹は、「テレビ朝日のニュースステーションで、突然あの記事が映し出されて、初めて貴光のことだと分かったので、名前まで憶えていないのよ。でも、村上君という名前は間違いないと思う」。

私は、その学生さんが、どこの大学の友人なのか見当がつかず、思いばかりがはやり一歩も前に踏み出せない状態でした。神戸大学の友人なのか、ＩＳＡ（日本国際学生協会）でのサークル仲間なのか。ＩＳＡであれば、他大学間での活動だったし、まだそのころは知り合いがいなかったので、まったく見当がつきませんでした。

ふと、貴光が大学に入学して間もないころ、「もし電話しても部屋にいないときには、入学式で隣り合わせに座っていて意気投合した学生がいて、彼の部屋に行くことがあるから、そこへ電話したらつながるかもしれない」と言って、連絡先としてメモを渡してくれていたことを思い出しました。

電話帳を開いてみると、彼の名前と住所、電話番号が出てきました。私は、藁《わら》をもつかむ思いで、その電話番号へ電話をかけてみました。しかし、コールしてもつながりませんでした。毎日毎日かけ続け、ある夜、やっとつながったのです。

「はい、若松です」「若松君ですか！　私は加藤貴光の母親です……」と言って、次の言葉を発するや否や、それを阻むように、彼は驚いた様子で言葉を重ね、「あぁ……タカのお母さん……」と言って絶句してしまいました。そんな彼の声を聞いて、私も一気に涙が溢れてしまい、しばらく互いに嗚咽し沈黙が続きました。

「若松君、短い間でしたが、貴光と懇意にしてくださってありがとう……ずっと電話し続けていたけど、なかなかつながらなくて、今日も期待半分でお電話したのですが、出てくださってありがとう……」。やっとの思いで、ここまでお話しできましたが、一度も会ったことのない彼だというのに、郷愁にも似た切なさと懐かしさが湧き上がりました。

そして、村上君という友人が神戸大学にいらっしゃるかどうか尋ねると、「いますよ」と彼は即答してくれました。法学部の友人だと言って、村上友章さんの自宅の電話番号を教えてくださったのでした。

しかし彼は、私からの連絡時期と村上君と知り合った時期がほぼ同時だったことが、考えられないほど不思議な現象だと言って驚愕していました。同じ学部にいながら、彼と村上君との出会いはなかったそうですが、つい最近ご縁があって、電話番号の交換をしたばかりだったというのです。

貴光が生前、一人で祖母の介護をしている私を思って知らせてくれていた一枚のメモ用紙に書かれた電話番号という細い線が太いパイプになり、未来への扉を開くことができたのでした。

若松君は、震災直後から友人たちの安否を気遣ったり奉仕活動をした後、神戸では暮らせないので、町や大学が落ち着くまで郷里の北海道・旭川へ帰っていたのでした。

そのため、電話しても連絡が取れなかったということが分かり納得しました。貴光は生前、若松君は旭川から神戸へ来ていることを教えてくれていました。友人と貴光の見えなかった線がつながって、息子の命のよみがえりのような錯覚を抱いたものです。

村上友章さんという、もう一人の学友の存在が明らかになったその夜、私ははやる気持ちを抑えることができず、お電話しました。受話器の向こうで女性の声が聞こえました。友章さんのお母さんでした。私は、その温かい声に胸が詰まってしまいました。

初めてお電話差し上げた私の自己紹介と、先日のニュースステーションでの友章さんのご厚意に対する感謝の気持ちを伝えました。セルビアの首都ベオグラードへ出発する前日の慌ただしい時間をぬって、宝塚から西宮市夙川まで、コンクリート片を拾いに行ってくださったという深い思いに、私たちがどれほど傷ついた心を癒されたことか。どれほど感謝の念を抱いているかをお伝えしました。

お母さんは、私からの電話にたいへん驚かれましたが、感動してくださり、心のこもった優しい口調で、セルビア行きの経緯をお話しくださいました。

当時セルビアは、EUによる経済制裁を受け、国民の生活は困窮していました。それを見かねて、日本のNGO団体が、医薬品や粉ミルクや紙おむつ、衣食料などを届けていました。

その最中に日本で大地震が発生し、市民が苦難の日々を強いられていることを、セルビアの人びとは知りました。「戦災も震災も子どもたちが受けた心の傷は一緒だ。私たちには、物はないが心を癒す愛はある。神戸の子どもたちをホームステイで受け入れたい」と、二三人のベオグラードの市民が、名乗りを上げてくださったのでした。

神戸の被災児たちの中から二三人の子どもたち（小学生〜大学生）が選ばれ、震災から二カ月後の三月に、セルビアへ向かったのでした。その中に、神戸大学二回生だった村上友章さんがいて、一行の団長として、仲間たちのリーダーとなっていたのでした。

お母さんは、そのときの友章さんの気持ちを代弁してくださいました。

「友章は当初、この一行に参加することをためらっていました。自宅が被害にあったにせよ、壊れておらず、家族や親せきの者も無事助かっている。こんな自分が被災児として行く資格があるのだろうか、と。

でも、そのとき、貴光さんの夢は国連職員となって世界平和へ貢献することだというあの新聞記事を思い出し、加藤君こそ参加しなければならない。加藤君と一緒に行こう、と思ったようです。

それで、出発前日、夙川まで行って、加藤君が亡くなった場所でコンクリート片を拾って帰ったのです。首都のベオグラードへ到着し、ツェカリッツァ公園で桜の苗木を記念植樹することになったとき、ふとこの桜の木の下に埋めようと思ったのだそうです。関係者の方がたに意向を告げると、皆さんがたいへん感動してくださり、埋めることができ全員でお祈りしてくださったそうです。

この一連の行程を同行取材されていたテレビ朝日の方が、このことをニュースで伝えたいと言われ、私の所に、加藤貴光さんの写真がないかと連絡がありましたが、あまりにも急なことで時間がなく、加藤さんを探すあてもないので、読売新聞の記事を送ったのでした。テレビ局のほうで新聞社に問い合わせなどされたのだと思います。

そんな経緯で、あの番組の中に貴光さんの記事が取り上げられたのですよ。ごめんなさいね。承諾も得られないまま放送されてしまいました」

私の知らない所で、こんなに深い思いを寄せてくださる方がたがいたことを知り、私は、殻に閉じ込められていた自分の気持ちが、一気に外へ弾け出たように、村上さんにお会いしたいという強い希望を持つことができたのでした。「希望」という言葉は、たやすく使えます。しかし、一度、希望のすべてを失った者にとって、それを取り戻すのは非常に困難を伴い、一人ではかなわないことを知りました。思いやり、愛、優しさなどに包まれてやっと、一歩踏み出してみたいという「希望」が生まれるのです。

こうして、私は、村上友章さんご一家という生涯の友を得たのでした。

たった一通の手紙を書き遺してくれていたことが新聞記事になり、さらに、メビウスの帯のように無限につながり、生きる希望を失くした一人の命を救ってくれることになっていくのです。

新聞読者から毎日放送ラジオへの投書

阪神・淡路大震災から七年目のある日、大阪のMBSラジオ「ネットワーク一・一七」の番組あてに一通の投書がありました。

封筒の中には、赤茶けた新聞記事の切り抜きが同封されていました。

「震災当時、読売新聞の記事に載っていた学生さんのお手紙に感動し、切り抜いて家族がいつも目にすることができる場所に貼っていました。このようなすばらしいお手紙をいただかれたお母さんが、一人息子さんを亡くされてどんなにおつらい日々でしょう。あれから七年。壁に貼っていた記事も変色し時が経った今、あのお母さんはどうしていらっしゃるのか心配しています。お母さんを捜していただけませんか?」

それから、MBSラジオの報道部ディレクターが、私と連絡を取る手段として、同じ神戸大学で犠牲となられた、Kさんのお母さんに、その手紙を託されたのです。お母さんは、「ネットワーク一・一七」の番組に以前出演されていたのでした。

神戸大学では、一月一七日が、センター試験と重ならなければ、毎年キャンパスの一等地に建立された慰霊碑前で献花式が行われます。私も毎年参列しますので、年に一度、遺族が集まり親交を深めています。その情報を得られたディレクターが、Kさんのお母さんへ託されたのでした。

二〇〇二年一月一七日、震災から七年目の神戸大学慰霊碑前で、お母さんからその手紙を受け取った私は、あの記事を七年間も大切にしていただいていたことに感動し、涙が止まりませんでした。また、その思いを投書という形で行動に移してくださったことへの感謝は言葉に尽くせないものがありました。

ディレクターからのお手紙も同封されていて、ラジオ局の電話番号も記載されていました。私はすぐお電話差し上げ、ラジオ出演となったのでした。

パーソナリティーは、妹尾和夫《せのおかずお》さん。アシスタントはアナウンサーの魚住由紀さんでした。お二人とも、人間味溢れるすばらしい方がたでした。

この日の出演は、投書された大阪のリスナーに向けて、私がここまで（七年間）どのように生きてきたかを中心に番組構成されていました。

この出会いによって、翌二〇〇三年一月一八日に神戸で開催された「メモリアル　カンファレンス in 神戸」（テーマ・私のマスコミ体験）で、取材を受けた側の代表としてパネリストとして出席することになりました。

コーディネーターは、ＭＢＳラジオのディレクター・田中（現・大牟田）智佐子さんでした。

ご縁がつながり田中さんとも懇意にさせていただいていました。ご結婚相手は広島出身の方でした。、驚くことに、その方は、元広島市平和文化センター理事長の大牟田稔さんのご次男だったのです。大牟田稔元理事長には、一九九八年四月に旧ユーゴスラビア（セルビア）の戦災で傷ついた子どもたちと神戸の震災被災児たち五〇名を広島に迎える会を立ち上げたときに、親身にお世話いただいたすばらしい方でした。

何という奇遇でしょうか。現在は大牟田智佐子さんとして、ご主人とともに、毎日放送で活躍されています。

そして、ラジオ出演から六年後の二〇〇八年一月に、アナウンサーの魚住由紀さんがＭＢＳラジオ「ネットワーク一・一七」で再び、私たちの特集番組を企画してくださいました。魚住さんとは、今でも親しくお付き合いさせていただいています。

二〇一五年は震災から二〇年の企画である二〇一五年復興・減災フォーラムのリレートーク「届け 震災バネが伝える復興への想い～ＫＯＢＥからＴＯＨＯＫＵへ」（関西学院

大学災害復興制度研究所主催）に出席させていただきました。このときの司会も、ＭＢＳラジオ「ネットワーク一・一七」の司会者だった、妹尾和夫さんと魚住由紀さんでした。

魚住さんとは何度もお会いしていますが、妹尾さんとは一三年ぶりの再会でした。妹尾さんは大阪で人気のある舞台俳優で現在は劇団パロディフライの座長としてご活躍されています。温かくて感性が豊かで人情にあついすてきな紳士です。

「加藤さんがとても元気で活動されていることを聞くとうれしくてねぇ！　ラジオ出演のころの加藤さんは薄いガラスのような心で、今にも壊れそうやったもんね……」

こうして、二〇年経った今も、私の周りには温かくてすばらしい方がたとの出会いがたくさんあります。そのおかげで、私は未来へ希望をつなぐことができました。

魚住由紀さんは、ご主人とそのお仲間で、二〇一三年に西宮市から長野県へ移住され無農薬野菜を栽培されています。「原村いっちゃん農園」（https://www.facebook.com/itchanfarm?fref=pb&hc_location=profile_browser）の野菜たちは、愛情をいっぱい注がれてみんな生き生き育っています。なかでもフルーツほうずきには力を入れていて、雪や台風などの自然の脅威からわが子を守るように、大切に育てておられます。

ドライフルーツやアイスに加工して販売ができるほどになり、私たちにも八ヶ岳山麓の空気をいっぱい届けていただいています。

お二人は自然との共生を望まれて移住されましたが、その厳しさを楽しみながら、エコライフを実現されている理想的なご夫妻です。

この出会いも、読売新聞の記事がつないでくれたご縁の一つとして、私の生きる糧となっています。

第六章　自分を見つめる場・赤い屋根

不思議なシンクロ

「お母さん、おばあちゃんの介護で疲れてるでしょう？　たまには時間を作って気分転換したほうがいいよ。高校の近くに赤い屋根という名の喫茶店があるから、探して行ってごらん。そこから眺める広島の町は、神戸大学六甲台キャンパスから眺める風景に似ていてすばらしい場所だよ。毎日キャンパスから眺めていると、広島の毘沙門台にいるような気持ちになるんだよ。赤い屋根で、心身ともにリセットしておいでよ」

貴光が大学入学して間もないころのことでした。夫は転勤で、貴光は大学入学で広島を離れた後、自宅に残った私と病床の義母を気遣い、彼はよく電話をかけてくれました。

しかし、疲れていた私は、時間があれば体を休めるために横になるほうが楽だったので赤い屋根という喫茶店を探してまで行く気持ちにはなれませんでした。

それから一年九カ月後に私の前から忽然《こつぜん》と姿を消してしまったわが子。その事実をどうしても信じることができず、葬儀の後も私の心は混乱状態でした。

「話がしたいけど、本当にあの子はこの地球上にいないの？」

「これから先、あの子は二度とこの世に姿を現すことはないの？」

「どうして？　どうして？」

私は来る日も来る日も、繰り返し同じことを思い続け、出口のないトンネルの中で悶絶していました。

「せめて声だけでも……」。ふと思ったささやかな願いが、とんでもない苦しみを引き起こすことになってしまいました。貴光の声が思い出せない！　目の前に笑顔の遺影がありながら、そのなかにあったはずの声が消えてしまったのでした。

「どんな声で何を話したのか……」

どんなに思い出そうとしても思い出せない悔しさに、私の心は閉ざされ、他の何事も耳に入らない状態でした。それから毎日、そのことばかりが気がかりで苦しみは途切れることなく続きました。そんな私を尻目に、時は無情にも先へ先へと流れていきました。

葬儀が終わって一ヵ月後の二月二四日。ふと、貴光の声が聞こえてきました。

「お母さん、高校の近くにある赤い屋根という喫茶店を探して行ってごらん……」

私を元気づけようと電話してくれた、あのいとしい声でした。まるで、貴光の命がよみがえったかのように、私は歓喜に震えました。

「貴光の声が聞こえた！」

私の叫びを聞いてそばにいた妹が驚いた様子で振り返りました。

「高校の近くにある赤い屋根という喫茶店を探して行ってごらんという声だった！」

「分かった！　すぐ探しに行こう！」

妹は、私を助手席に乗せ、彼の母校である安古市高校を目指して車を走らせました。

車窓から見る風景は、貴光が自転車で通学していた町の風景です。

貴光を亡くして初めて走るその道は、何を見ても悲しくて、私の胸は何者かに握り潰されたかのように激しく痛みました。安佐南区毘沙門台の入り口交差点を右折すると、そこからは、急こう配の上り坂が延々と続きます。「この坂道を三年間自転車で上ったのだ」と思うと、私の胸はさらに激しい痛みに襲われました。「こんなに早く亡くなることも知らず鍛錬したすばらしい精神力と体力を返してやってください！」。私は誰にぶつけることもできない無念を内にたぎらせ、心の中で叫びました。

その間、妹は黙々と運転し赤い屋根を探していました。ふと小さな立て看板を見つけ、彼女は赤い屋根と書かれた、その矢印の方向へハンドルを切り、走り続けました。自宅を出て二五分ほど経過したころだったでしょうか、ついに赤い屋根にたどり着きました。一度も迷うことなく到着した所は、まさに、縮小した神戸の町を見下ろしているようなすばらしい眺望でした。

貴光の言葉の一言一句を噛みしめながら、道路脇に車を停め、眼下に広がる風景を眺め涙を流しました。

赤い屋根は自宅兼店舗で、二階がお店になっていました。私たちは、胸を詰まらせながら、ゆっくりと階段を上って行きました。入り口のドアは木造で、ノブも木を削って造られた趣のあるお店でした。そのノブに手をかけ、ドアを開けると、店内から美しいピアノ曲が流れてきました。次の瞬間、妹が嗚咽し「貴光がいる……」とのどを振り絞るような声を発しました。私も、貴光が導いてくれたこのお店にたどり着けたことで、彼が一緒にいてくれるような気がして涙が溢れました。

南側と東側全面に広い窓が設けられ、東西南三方向の風景が一望できるすばらしい店内で、私たちは座ることも忘れ、窓の向こうに広がる箱庭のような町並みを眺め、涙を流し続けました。広い窓に沿って作り付けられたベンチと、漆黒の輝きを放つ手入れの行き届いた長いテーブルが置かれたお店の一角に座ると、妹が堰《せき》を切ったように話し始めました。

「震災の翌日、貴光が亡くなっていたことを電話で知らされて、すごいショックを受けた後、テレビで死亡者リストが次々報道されるのを、夜も眠れないまま見続けたのよ。もう亡くなっていることは分かっていたのに、テレビ画面に『加藤貴光』という文字が映し出されないことを祈りながら見ていたら、いつの間にか、そのバックで流れていた曲が耳に残ってしまった。その曲が、今、今、ここで流れてるなんて……信じられない……貴光が導いてくれたのよ。ここにいるのよ。きっと……」

妹が涙ながらに語る不思議な出来事は、決して偶然ではないと、私は確信していました。

私が、一過性の記憶喪失のような苦しみから解放されたのは、「赤い屋根という喫茶店を探してごらん……」という貴光の声を思い出したからでした。その言葉に導かれるように、赤い屋根へたどり着いた私たちが、初めて踏み入れたお店で耳にした音楽が、死亡者リストのBGMだったのです。もちろん、私は西宮市の遺体安置所にいた日々の出来事だったので、この曲は聞いていていません。

妹と私と赤い屋根のママ、そして貴光。この四人がいなければ成り立たなかった不思議なシンクロに、このお店は出合わなければならなかった特別な所だと感じました。

ママの夢

私たちがここにたどり着くまでの経緯をママにお話しすると、「震災で悲しいことがあった方がたではないか?」と直感したと言って、涙を浮かべ聴き入ってくださいました。そして、その曲について説明していただきました。

その曲は、ジョージ・ウィンストンの「サンクス・ギビング」という曲でした。ママはこの曲に思い入れが強く、雪がチラチラ舞い下りる日には、特別この曲が似合うと思っていたそうです。その日は雪は降っていませんでしたが、寒さが厳しく、何となくこの曲を流していたと言われました。彼女の感性は研ぎ澄まされていて、日々の気候や心の状態で

ＢＧＭを選曲されていました。

一九九五年一月一七日に、阪神・淡路大震災が起こり、その年は残酷な運命に翻弄される人びとが数多く生まれました。そんな世の中を誰よりも憂い、心を痛めていたママの心境がよく表れていた曲でした。

ふもとから赤い屋根を見上げると、「まるで空から吊り下げられた鳥かごのようだ」と形容するママの言葉通り、異空間に存在するこのお店は、「環境」「内装」「備品」「音楽」そして「ママの人となり」などすべてがバランスのとれた、すばらしいお店でした。貴光が生前遺言のように熱く語り、私を導いてくれた小さな喫茶店が、かけがえのない救いの場所となったのでした。

赤い屋根は一九七九年五月三日にオープンしたお店でした。私が初めて訪れたのは、阪神・淡路大震災が発生した翌月だったので、オープンから一六年目の年でした。

ママは、子どものころからの夢がありました。「赤い屋根のおうちに住みたい」。その夢を心のどこかに宿したまま大人になったママでした。結婚してからも、その夢は心から消え去ってはいなかったようでした。やがて家を建てることになり、土地を探していたところ、紹介されたのが、現在の土地だったのだそうです。

ママは、初めてその土地に立ったとき、なぜか涙が流れたと言いました。鋭い感性の持ち主ですから、何か感じるものがあったのでしょう。そして、いきなり「ここで喫茶店をしたい」と言ったのだそうです。ママはとても裕福な家庭で育ってきた人でしたから、ご実家のお母さんはじめ、周囲の方がたは猛反対をされたそうです。

まったくの素人で、ましてや、不便で周囲には何もない山の上にお店を出してどうするつもりなのかと、嘆かれたそうですが、ママは譲らなかったのでした。

「私は、お店で自分を表現したい。世界がどんなに変わろうと、いつどなたが来られても変わらないお店をつくりたい」。ママが三四歳のとき、この赤い屋根が誕生したのでした。

壁に飾ってある絵画、メニュー表、ゼンマイ式の振り子時計、ダイヤル式のピンク電話、天井から吊り下げられた裸電球など、三五年経った今も、置かれた場所さえ変えることなくきれいに手入れされ、それぞれが個性的でありながら調和を保ち生かされています。

「広島を離れて一〇年経ってしまいましたが、ここ赤い屋根は、あのときのまま変わらず待っていてくれました」と涙を流すお客さまも大勢おられます。

音楽と小鳥たちのさえずりが時を包み、四季折々の光や風が、その柔らかい時を培養し熟成させる場所である赤い屋根は、私の傷ついて頑なになった心を溶かし見つめ直す機会を与えてくれたのでした。

「時が止まる」。私は、以前からこの言葉をよく使っていましたが、本当の意味での「時が止まる」という状況を実感することはありませんでした。私は息子を亡くして初めて、この言葉の真の理解を得ました。息子が亡くなった年は一九九五年でした。あれからもう二〇年というときを迎えたのに、「あの日」は鮮明に心に焼き付いて離れません。離れないというより、「あの日」がすべての中心になり、「あの日から何年目」とか「あの日の何年前」というようなとらえ方をしてしまいます。「あの日」は常に新しく、私の中では過去の出来事、過去の時間としてベールに包まれてしまうことはありません。

しかし、それは私の世界での時間であって、社会で流れている時間は、どんどん前へ進んでいます。その流れに沿えない孤独や苦しみは、体験した者にしか分からないつらく耐えがたいものです。

何年経っても変わらない赤い屋根は、そんな流れに沿えない人たちを、優しく包んでくれるのです。

「一〇年前の自分。二〇年前の自分。そのままを受け入れてくれる場所」。赤い屋根の窓辺に座っていると、止まった時間の中にいる自分が、下界で流れる時間を客観的に眺め、離れた所から現実を見つめることができるのです。

「独りで泣いちゃだめよ。悲しくてたまらないときはいつでもここに来てね」

そんなママの言葉に私は救われました。

二月末になると妹も宇部の自宅に帰って行きました。車で迎えに来た妹の夫が、運転席の窓を開け、「ごめんね……また来るから……」と涙を流して去って行った後の孤独感は文言に尽くせません。みんな家族がいる。私の家族は崩壊した。自分の家さえ帰る所ではないような寂しさに襲われました。私は次第に家庭の香りがする場所と人を避けるようになりました。誰にも会いたくなくて、自宅の窓を閉め切り孤独と闘いました。

明日を迎えることが苦しい……死ねば楽になる……。死の誘惑に何度もかられました。そんなとき「独りで泣いちゃだめよ……」という赤い屋根のママの言葉に引き寄せられるように、お店に行きました。

車で二五分の道中で、自転車に乗って走る貴光の幻がよぎりました。涙で風景がかすむたびに、我に返る私でした。「人身事故を起こすと、貴光のような無念の人生を閉じる人がまた生まれ、私のような悲しい人が増える。気をつけなくちゃ……」。さまざまな思いが脳裏をよぎりました。

赤い屋根のドアノブに手をかけるとホッとしました。「いらっしゃい」。優しく声をかけても余計な言葉は一切口にしないママでした。

そして、コーヒーカップを二つ用意して、コーヒーを注ぎ「貴光君と一緒にどうぞ」。穏やかな優しい声でそう言ってコーヒーを注いでくれるママでした。その気持ちがうれしくて、温かくて、涙が一気に溢れ出すのでした。

温かい涙を流すことは人間の免疫力アップになることを知ったのは、それから数年後のことでした。当時を振り返ってみて、私は赤い屋根のママに救われたことを知ったのです。

ある日、窓際のベンチに座って、いつものように、天界から下界を眺めているような気分で景色を眺めていたら、突然雪が降り始めました。雪が降ると心まで凍えるようで、世界が変わって見えてきます。悲しみが深く感じられ涙が流れてくるのです。すると「今年の天は筆まめね。雪は天からのお便りなのよ」と、ママがポツリとつぶやきました。

「あぁ……そうだ。今年は貴光が天国にいるのだから……」

その瞬間から、私は雪を見ると天国で貴光が手紙を書いてくれていると思えるようになりました。雪の日が悲しくて、家に閉じこもって泣いてばかりいた私が、雪の日を待つようになったのでした。

また、一日の終わりを告げる夕陽を見ると、黄泉《よみ》の国をイメージし、貴光の最期の顔が浮かんで苦しくてたまりませんでした。

ある日、ママがゆったりとした口調で語り始めました。「アルプスの少女ハイジがおじいさんに聞いたのよ。『おじいちゃん、夕陽はどうしてあんなに美しいの？』。するとおじいさんはハイジに優しく言いました。『夕陽は一日の終わりのごあいさつなんだよ。今日も一日ありがとうと言ってね。人はね、お別れのときが一番美しい心になれるんだよ。だから夕陽が美しいんだ』って」

「そうだ……私が貴光と最期のお別れをしたとき、悔しいとか憤りとかの邪念はなく、『さようなら』でもなく、ただただ純粋に『ありがとう』という言葉しか出てこなかったわ。美しい心を思い出そう……」。そう思ったときから、夕陽を見るたび、自分の心を重ね純粋な心でいようと思うようになり、夕陽を見ることが好きになったのでした。

ママは私の悲しみを理解し、考え方やモノの見方を少し変えてみることで、大切なことに気づくのだと教えてくれたのだと思います。

閉店時間だからと帰ろうとする私に、「まだここにいて、一緒に過ごしましょう。これからが最高の時間なんだから」と言いながら、ママは店内の照明を落とし、赤い屋根の看板の電源も切りました。

店内が急に暗くなると、眼下に広がる町の明かりがフワーッと浮きあがり、私を目がけて迫ってくるようでした。その町の明かりは、まるで地上の星のように輝いていました。私たちは銀河鉄道に乗って宇宙へ旅立つジョバンニとカンパネルラのように、無言で車窓の風景を眺めました。ママが淹《い》れてくれたコーヒーを少しずつ飲みながら、時間の経つのも忘れて心の旅をしていたのです。

満月、三日月、上弦の月、下弦の月、赤い屋根の銀河鉄道は形を変えてほほ笑む月のすぐそばを走り、この手にすくい取れるような所まで私を連れて行ってくれるのでした。いとしい息子が逝った月の国を、こんなに近く感じる場所で、私は生きる力をいただいたのでした。

出合いをいただいて二〇年になりますが、赤い屋根は初めて訪ねたあの日の私をしっかり抱きしめたまま、変わることなくそっとたたずんでくれています。

アイビーの花言葉

窓の外に取り付けられたフラワーボックスには、季節の花鉢がずらりと並びます。

一一月の下旬ごろから翌年の五月中旬ごろまでは、白いシクラメンの鉢植え。

五月中旬から六月末ごろまでは、青紫色のアジサイの鉢植え。

七月上旬から一一月下旬ごろまでは、青紫色のエギザガムやストレプトカーパスの鉢植えと、白と紫色の花だけで一年を彩ります。それは赤い屋根のシンボルカラーとして、ママのこだわりなのです。お客さまが訪れた季節を忘れないでいられるのも、この鉢植えの花たちのおかげなのです。

もう一つ、赤い屋根のシンボルとなっているのが、アイビーです。

赤い屋根に白い壁、その壁につたうアイビーの蔓《つる》も、何年経っても変わらず同じ形を維持しています。壁の白とアイビーのグリーンのコントラストが美しく、常にマスターが蔓の芽を剪定《せんてい》し、その分量と形を保っておられるのです。

赤い屋根と私の衝撃的な出合いから三年目の一九九八年に、「親の目・子の目」という全国放送のテレビ番組に出演依頼があり、そのロケも兼ねて沖縄へ行きました。貴光のサークル仲間であった神戸女学院大学卒の松本裕美子さんが、琉球大学大学院で研究することになり、彼女を訪ねて沖縄へ行ったのでした。沖縄の歴史をたどる旅は初めてでしたから、平和の礎《いしじ》に刻まれた犠牲者お一人お一人の名前の前に立っただけで涙が溢れ胸が激しく痛みました。

広島に帰ってからも、ひめゆりの塔やガマなど悲惨な戦争のあとが心から離れなくて、さらに強く私を慟哭の世界へと引き戻すのでした。

裕美子さんが沖縄にいる間にもう一度訪ねることになり、翌年再訪しました。そのとき、彼女やその友人たちが案内してくれた、古民家を利用したすてきな喫茶店の入り口に掲示してあった「三六五日の誕生花」というポスター形式の一覧表を目にしたのです。今でこそ誕生花については人びとの間で、日常的に話題にのぼる花知識として有名になっていますが、当時はとても新鮮な話題であったように思います。

私は、真っ先に貴光の誕生日を目で追って、誕生花を探しました。

「一二月二〇日、アイビー」

写真とともに記載されていた誕生日と花名を発見したときの、あの驚きと興奮を今も忘れることができません。

貴光が生前教えてくれた赤い屋根という喫茶店で、次々と起こる不思議な出来事をなぞりながら、アイビーが誕生花であるというシンクロでつながったのが沖縄だったことに何か意味があるのだろうかと考えました。いつかきっとこの理由が分かるときが来るはずだと思うと、未来への希望が持てはじめました。

赤い屋根のシンボルであるアイビーが貴光の誕生花だったという事実を知って、ますます私は赤い屋根への思いが強くなったのでした。

私は、このことを早くママに知らせたいと思って、電話をかけました。ママは驚き言葉を失ってしまいました。電話を切った後も、私は不思議でたまらず、心は赤い屋根に飛んでいました。しばらく経って今度はママから電話がありました。

「加藤さん！　あれから私も興奮状態で、友達に電話して、この不思議な出来事を話したのよ。そしたら、彼女がアイビーの花言葉を調べてくれてね！　その花言葉は何だと思う？」

「分からない……」

「それがね！『死んでも離れない』っていうのよ！」

「すごいでしょう？　貴光君はこの世にちゃんといるのよ！　お母さんを守っているのよ！」

「えーっ！」

私は携帯を耳に当てたまま空を仰ぎました。大粒の涙が後から後から流れ出て止めることができませんでした。貴光が亡くなって四年間、すっかり空っぽになった私の心でした。虚空をつかむ日々に心は傷つき疲弊しきっていましたが、不思議な出合いや出来事が、私を生きる方向へと導いてくれました。

赤い屋根から一望する広島市街は、まるで箱庭のようでした。山陽自動車道が帯のように東西をつなぎ、遠くアストラムラインの高架がそれにクロスして、黄色い車両が走っていました。

民家もビルもすべて小さく、その中にいる人間がどれほど小さいかを思い知らされます。赤い屋根の窓辺から市街地を眺めると、人間の姿など全然見当たりません。米粒にも満たないような人間。その人間の悲しみや苦しみがどれほど小さなものか。高い所から自分を客観視することで、自分の心のあり方を問い直せる時間が持てました。

夜の帳《とばり》が下りるころ、町の明かりが一つ、また一つとともり始め、瞬く間にその無数の明かりは遠く連なりきらめき始めます。この光の束も宇宙の中では小さな点のような存在です。その中で人間たちは悲喜こもごもの日常を送っているのです。

そう考えては、苦しみや悲しみをリセットしてきた私でしたが、それは、私の心の傷を癒すには、あまりにも刹那的な現象であり、朝が来ればまた悲嘆の衣をまとって生きる日々でした。

「人は誰でも心の中に秘密の庭を持っています。悲しみのときにはその庭にこもり、喜びのときにはその庭に咲いた花を摘み取ります」

アイルランドとノルウェー出身のユニット、シークレットガーデンのCDが日本に輸入されたのが一九九八年でした。まだ日本の市場に出回っていなかったCDを、最初に手に入れたのが赤い屋根のママでした。友人の音楽関係者の方が視聴させてくださったCDだと言って、ママが初めて私に聞かせてくれたのが六月のある雨の日でした。

ピアノとバイオリンが醸す音色に女性シンガーのゆるやかに重ねる声が切なく響き渡る赤い屋根は、まさに私の「シークレットガーデン」そのものでした。その中の「ノクターン」という曲は、癒しというより、センシティブな人の心に届く繊細で衝撃的な音楽でした。この音楽に私は自分の苦しく虚しい心を預けることができました。

赤い屋根で出合えたすべての出来事や人びと、そして自然を背景に聴く音楽によって、私は自分を見つめ、考える機会をいただきました。

こうして赤い屋根は、あまりの悲しみに見失ってしまった道を、再び捜し求める勇気と力を私に与えてくれたのでした。

第七章　今も続く心の支え

神戸大学ESSサークルの友…西田直弘さん

貴光が大学生になって初めて入ったサークルがESSでした。

国連志望の彼に英語は必須科目でした。特に、ディスカッション、ディベート、スピーチの三セクションを、一年でマスターすると言って入部したのでした。そのわずか一年間の活動で知り合った学生たちの中で、貴光が亡くなったあの日から二〇年という長い歳月、毎年誕生日と命日にお花を送り続けてくれる友がいます。奈良出身の西田直弘《なおひろ》さんです。

大学生の間彼は、夏休みになったら広島へ来て、私の寂しさを紛らわせてくれました。

将来は公認会計士を目指して勉強しているという彼の夢を聞いて、私は若者の応援ができることをありがたく思ったものです。

当時、懇意にさせていただいていたお寿司屋さんに行っておいしいお寿司をご馳走していました。こだわりの店主が彼を気に入ってくださって、広島に来るたび一緒にお店を訪ねました。

ある日、常連客の会社社長が、上等のワインが手に入ったと言って、ボトルを持ち込まれました。そして、カウンターの隣に座っていた私たち二人に、そのワインを振る舞ってくださいました。なんと、そのワインは、「ロマネコンティ一二年物」でした。大学生の彼は、目をまん丸くして驚きました。

ワイン好きの叔父さんの影響で、かなり詳しい知識を持っていた彼は大層喜んで、「ぼくが一生かかっても、このワインは飲めないでしょう」と、グラスを回して香りを楽しんだり、深い色合いに感激したり、ワインについてその社長と語り合っていました。お酒に弱く飲めない私は、ワインについても無知でしたから、二人の話を興味深く聞いていましたが、ロマネコンティだけは知っていたので、恐る恐るいただいてみました。

「グラスをゆっくり回してみてください。他のワインではできない膜がグラスの表面に付くでしょう。それだけ濃厚で上質なんですよ」

勧められるまま、一口二口……と飲んでみるとおいしくて、お酒に弱い私も、ついつい全部飲み干してしまいました。学生の彼も大喜びで、二、三杯いただいていました。

奈良に帰って叔父さんに話したら、「何ということだ！　私も飲んだことがないのに、学生の分際でロマネコンティを！」とうらやましがられたと報告してくれました。この日のことは、きっと今もはっきり覚えていることでしょう。

その彼も、卒業後公認会計士の資格を取り、今では会計事務所で海外赴任も経験して活躍しています。すてきな女性とも巡り合え結婚して、休暇を利用しては海外旅行を楽しんでいるようです。

彼は二〇年間、毎年欠かさず貴光の誕生日である一二月二〇日と命日の一月一七日にお花を贈ってくれています。お花だけではなく、「ふと立ち寄った骨董屋で、すてきなぐい飲みを見つけた。一緒に一杯やろう」と貴光あてにメッセージを添えて贈ってくれたこともありました。そのたびに、私は彼に温もりをいただきました。今日まで、貴光が生きてこの世にいるような気持ちにさせてくれた彼でした。

海外赴任でシンガポール駐在時には、各色そろえたデンファレをケースでどっさり送ってくれました。シンガポールの空の下で育てられ、海を渡ってやって来てくれたその花に感激しました。

遺影の回りがデンファレの各色で溢れた年もありました。

帰国して今は大阪にいる彼から、毎年センスのいい花束が届きます。「偶然通りがかって見つけたすてきなフラワーショップで選んでみました」というメッセージを読みながら、常に心を馳せていただいていることが温もりとして伝わってきて、私の寂しい心を満たしてくれます。逆の立場で私がここまで思いを持続できるでしょうか……。そう思うと、若い彼の感性に深く感謝するばかりです。

二〇年間、記念日と称して一二月二〇日と一月一七日を覚えてくれている彼の温かい思いに私は今も救われ続けています。

神戸大学ESSサークルの友…二宮奈津子さん

「加藤君のお母さんはひまわりの花のようです。どんなときも太陽に向かって凛と生きる花。母の日にそのひまわりを贈ります。お母さんありがとう」

貴光が亡くなった年の五月。子どもを亡くして、初めて迎えた母の日のつらさは、筆舌に尽くしがたいものでした。

私には生涯、母の日はないのだと気づいたとき、慟哭に心を閉ざしました。世間が母の日商戦で賑わい始めるころから、私は卑屈になった心を持て余すように、日常から逃避した日々を送っていました。そんな私の元に最初に届いた母の日のプレゼントがひまわりの花かごでした。二宮（現・吉田）奈津子さんが贈ってくれました。

「奈津ちゃんの思いを裏切らないように、私はひまわりの花のように生きなければ申し訳ない」。こんなすてきな人が、「お母さん！　ありがとう！」と言ってくれることを誇りとして、私はどんなときも、他者と比較して卑屈になることなく凛と生きていこうと心に誓いました。

あのつらかった母の日にいただいたひまわりが、私の歪んだ心をしゃんと立て直してくれました。

毎年一月一七日の命日と五月の母の日の年に二回、二〇年間途絶えることなくお花を贈り続けてくれています。その難しさを思うと、彼女の優しさが心にしみわたり、胸がジーンと熱くなるのです。その感謝の気持ちが、私を立ち上がらせ、前に歩ませてくれているのです。

今彼女は、中学一年生と小学三年生のかわいい男の子のお母さんとして、ますます輝きを増しています。

ISA（日本国際学生協会）の友…山口健一郎さん

早稲田大学法学部三年だった彼と貴光が出会って共に活動したのは、ほんの数カ月のことでした。しかし、二人は何十年来の旧友のように意気投合し、充実した青春時代の一ページを記していました。

最後の夏休みに帰省した貴光の口から直接聞いたISAメンバーの名前の中で、何度も話題に上っていたのが彼でした。山口健一郎さんを、仲間はみんな「やまけん」と呼んでいること。熱く語れる先輩であること。人情にあつい先輩であること。楽しそうに語る貴光を見ていると、私まで幸せな気分にさせられたものでした。

阪神・淡路大震災発生時、ISAのメンバーで唯一の犠牲者となってしまった貴光のことを悼んでくれた温かい仲間の一人でした。

震災二カ月後、まだ町の中もサークルの事務所も惨憺たる状況のなかで、神戸支部の仲間たちが、追悼文集を作ってくれました。親しかった友達に呼びかけ、メッセージを集め、コピー機も使えない状況下、たいへん苦労して作ってくれた文集でした。

その中の山口健一郎さんの追悼文を読んで、寂しさと虚しさの去来する私の心が、フワッと温もりに包まれました。それが、昨日のことのようによみがえります。

オイリーズ FOREVER——加藤に捧ぐ

東京支部 山口健一郎

一九九五年一月一七日午前五時四六分。おれはまだ深い眠りのなかにあった。そのとき、神戸を信じられないくらい激しい地震が襲った。おれは悠長に八時ごろ起きて、テレビでそれを知った。そのとき、加藤が瓦礫の下で苦しんでいたことも知らずに。

翌日、午後のうららかな日の差す電車の中で乗客は皆うたたねをしていたが、そんな中おれは神戸周辺に住む一人一人について考えていた。そのとき妙に加藤のことが気になった。あいつ西宮に住んでるけど、大丈夫だろうか。今晩電話しよう。

「加藤、地震すごかっただろ。生きてるか」

「やまけんさん、おれ、死にそうでしたよ。いろんな物落ちてくるし。でもしぶとく生きてますよ」

そんな会話を想像しながら。しかし、家に帰ってすぐかかってきた一本の電話でそれは幻になった。さーぼーからの電話。

「加藤君が亡くなった。さっき病院で（これは誤報で現場で圧死）」

おれは冷静だった。いつからおれはこんな冷たい男になったのか。友が死んだのに涙も出ないのか。信じられなかった。全セミ（全国セミナー）のときあんなに楽しく笑っていた加藤が……。信じたくなかった。

加藤と仲良くなったのは、やはりＩＳＣ（International Student Conference〈国際学生会議〉の略。ＩＳＡの国際交流事業の一つ）だった。加藤を含む数人と夜は毎晩酒盛り。この集いに参加するメンバーが実に濃い。そこでおれらはこのくどくて濃いメンバーをもっと集めてグループを結成することにした。その名も「オイリーズ」。会長はおれで実行隊長が加藤、名誉会長が九州支部の育世さん。旗揚げはNEW FACEと決まった。それまでに、各自会員獲得に努力することを誓い、解散。次に集まるのを楽しみにしながら（育世さん、NEW FACE不参加で実現しなかったが……）。

また、自由時間に二人で卓球に燃えたこともあった。「おれ、昔卓球やってたんですよ。やまけんさんごときに負けませんよ」「やれるものならやってみい。真剣勝負だぞ」とか言いながら子どものようにはしゃいでたっけ。夕暮れのなか、八王子セミナーハウスの食堂の裏で二人汗だくになりながらの卓球。「消える魔球」とか言いながら夕陽に向かってわざと高いボールを上げたり、せこい変化球サーブを打ったり。そして、最後の一一点勝負。結果はおれの勝ち。加藤は真剣に悔しがって、「今度、絶対リターンマッチやりますよ」

今もそのときの加藤の声がむなしくおれの頭にひびく。リターンマッチもオイリーズ結成も無期延期にしよう。お前がいなきゃしょうがない。「何でや、何でおまえが死ななあかんねん」運命は時に残酷過ぎる。

おれに最初に会うとき、加藤はいつもうれしそうに笑ってくれた。おれはそんな加藤の笑顔を見るのが好きだった。はるばる東京から関西に行っても「あーまた来たの」という感じであいさつもしてくれない人が多いなか、加藤はおれの顔を見ると必ず「お疲れさまです」と声をかけてくれた。おれは加藤と話すのが楽しみだった。加藤はおれなんかより数倍頭が切れる奴だったけど、どこか自分と似た部分があって話しやすかった。

あまり自分の感情を表に出さず、おれとの会話もくだらないことで笑ってることが多かったけど、全セミのアフターでメリケンパークに散歩に行ったとき、真面目な顔でおれにこんなことを言ったことを思い出す。

「やまけんさん、今度四年になるんですねえ。次の全代（全国代表者会議）には出ないんですよねえ。寂しいなあ。来年の全セミ、全参加してくださいよ。一緒にテーブル出しません？〝濃い人間養成講座〟とかどうです？」

「全参加するから、おまえ来年の全セミのとき泣けよ」おれはそう答えた。

ＩＳＡに入会してからおれはいつも人間関係の冷たさを感じてきた。みんな個々はいい奴なのに「自分は自分。他人は他人」という奴があまりにも多い。でも、今ここに自分がＩＳＡをやめたら寂しがってくれる奴がいる。もう少し一緒にやろうと誘ってくれる奴がいる。そう思うと涙が出るほどうれしかった。ありがとう、加藤。

最後に加藤と別れたのは、阪急電車の中だった。

「やまけんさん、韓国Ex.楽しんできて下さいね。ルーシー（団長）を助けてあげて下さい」

「ありがとう。加藤、おまえ疲れてんだからゆっくり休めよ」

加藤は手を振って夙川の駅で降りた。その別れが永遠の別れになるとは、そのときのおれに知る由もなかった。

二月四日。おれは西宮の加藤の住んでいたマンションの前に立った。そのマンションは無惨にも加藤のいた通路側に傾いて倒壊していた。裏から見ようとしたがあまりのひどさに凝視することができなかった。加藤、苦しかっただろう。あまりにも若すぎる死。自然の力の前にただ人間は、立ちすくむことしかできないのか。己の無力さを感じた。

二月七日。加藤と行ったメリケンパークに一人たたずむ。加藤が死んでから初めて泣いた。あの日の加藤があまりにも楽しそうだったから。そして、目をつぶって冥福を祈った。

その後、あたりを見渡すと、砂だらけで美しかったメリケンパークはみるかげもなかった。

だが、あの日と同じようにお地蔵様は立っていた。まるで何事もなかったかのように。

思えば、加藤と知り合ってからまだ一年過ぎていない。しかし、もう何年も友達であったような気がする。加藤と知り合えて本当によかったと心からそう思う。おれは人生において出会いの偶然を大切にしていきたいと常々思っている。

加藤にもおれにも今までの人生の中で、いろいろな選択の場面があって、それぞれがもし、違う選択をしていれば出会うことはなかった。だからこそ、出会えたことは素晴らしい偶然だ。その加藤と出会えた素晴らしい偶然に今感謝している。

これからおれはまた一日一日を大切に、そして一人一人との出会いを大切に生きていこうと思う。これからの人生においてさまざまな困難にぶつかることもあろう。でも、そのとき、加藤を思い出して、悔いなきよう、そのときの自分の力をフルに発揮して乗り越えていこうと思う。そして、濃い人間、人間味のある人間として誇りを持って生きていくつもりだ。応援してくれ。

最後に楽しい思い出をどうもありがとう。オイリーズ　FOREVER！

私は、この追悼文を読んで、学生時代の友は永遠の友で、将来それぞれの歩む道は違っても、助け合い励まし合い、彼らの前では素の自分でいられることで救われた、元首相の宮澤喜一さんをモデルに書かれた小説を思い出し、何度も読み返しました。涙が枯渇するほど溢れ出て止みませんでした。

城山三郎著『友情力あり』（講談社文庫）は、若き宮澤喜一さんらの友情を取りあげた作品で、貴光の死後、彼のサークル仲間のお母さんが、私に教えてくださった本でした。読めば悲しみが襲ってくるのに、何度も手に取って読み返しました。大学二年のまま成長しないわが子の未来をこの本に託し、二度と会えない彼の姿を、夢の中で追っていたのかもしれません。

一九三九（昭和一四）年、日米開戦二年前の険悪な状況のなかで、第六回日米学生会議が開催されました。日本からは各大学から男女合わせて四八名の大学生が参加しました。その中の一人に、元首相の宮澤喜一さんがおられたのです。東大卒業後、大蔵省を経て政界へ進出された宮澤さんを、この参加者の中の三名が生涯よき相談相手として親身にサポートされたのでした。

当時は船旅で往復一カ月という時間を要するアメリカへの大旅行でした。日本から参加した人数とほぼ同数のアメリカの学生たちが一カ月という長い期間、学生間での会議をするというプロジェクトでした。そこで寝食を共にし熱く討論し合ったなかでも特に四人の仲間たちは、生涯深い友情で結ばれ、互いを励まし合い支え合って生きたのでした。

学生時代の友人たちとはいえど、全員と深く長くは続かないものです。

ほんの数人かもしれませんが、その友情は力関係も利害関係も発生しない、青春時代の純粋な心のままで触れ合うことのできる友となり、心のよりどころとなることでしょう。

その仲間の輪から、あの子だけ脱落してしまった。

当時の私は、その無念が自分のこと以上につらく、孤独にさいなまれたものでした。

宮澤さんが活動されていた「日米学生会議」が、貴光が所属していたＩＳＡ（日本国際学生協会）の前身であったことを知ったのもそのころでした。

わずか二一年の生涯でしたが、貴光が精神的にも肉体的にも最も充実し輝いていたのは、高校二年生ごろから突然の死までの五年間でした。特にＩＳＡに所属し活動していた、人生終盤の約一〇カ月間は、彼の人生で最も輝いていた時期だったと思います。

学生時代に多くの知己を得ることを願っていた彼の夢も、一瞬のうちに打ち砕かれてしまいましたが、死の淵に引き込まれてしまった今となっては、最後までキラキラ輝いた身で昇天したことが唯一私の救いです。

遺された私に誇りに思え、それが今日までの心の支えにもなりました。生かされている

「今」を一生懸命生きること、その重ねた日々が死を迎えたときに実るのだということを貴光は教えて逝ったのだと思います。

「よい死」を迎えるために「よく生きる」。

貴光が私に遺してくれた教えです。

学生時代の友である山口健一郎さんは、今は三人の子どもたちの父親となり、立派に生きています。

メディアの世界で活躍している彼は、大きな報道番組を制作し後輩指導にも力を入れています。二〇一五年は取材のために渡米し、ニューヨークの国連本部のビルの前に立って、貴光へ思いを馳せてくれたそうです。

貴光が亡くなって二〇年。この間、彼の心の中で生き続けていたのだと思うと、胸に熱いものがこみあげてくるのを覚えました。

「友情力あり」。亡くなっても友情は続くことを知り、いい友との出会いを育むことの大切さを実感しています。

支えるということは、互いに同等の力で押し合うこと…松本久子さん

人は二度死ぬ

このように極めてまれな出会いがあるでしょうか。

私が松本久子さんと出会ったのは震災直後のことでした。しかし、出会いはもっと以前から始まっていたのです。

貴光は、高校二年生のとき国連で働くことを決意し、その目標に向かって邁進《まいしん》していました。大学入学と同時に語学をみがくためにESSクラブに入部し、英語でのディスカッション、ディベート、スピーチの三セクションを一年間でマスターしました。

そして二回生になり、次のステップに選んだのがISA（日本国際学生協会）でした。ISAは、他大学間での活動であり全国六支部体制で構成されているサークルでした。実際に海外の学生たちとディスカッションして交流し親交を深めるための選択でした。

二回生からの途中入会だったので、このメンバーとは、ほんの一〇カ月余りのお付き合いでしたが、わずか一年にも満たない期間でありながら、密度の濃い日々であったようで

す。すばらしい仲間と深い友情を結んでいたのです。

そのメンバーの一人に、松本（現・上島）裕美子さんがいました。同学年の二回生でしたが、彼女は現役生だったので年齢は貴光の一歳下の女子大生でした。

ＩＳＡに入会した夏休みに帰省したとき、サークルについて語ってくれました。会の概要や仲間たちのことを楽しそうに話していました。そのなかで印象的な話をしてくれました。

「女子大生の中で、社会情勢から生活情報などさまざまな内容について話せる女の子がいるんだ。なかなかおもしろい人材で語り出したら話が尽きないんだ」と。

「お前なぁ、なんで男に生まれなかったんだよ」

「加藤君こそ、なんで女に生まれなかったのよ」

そんな他愛もない話から小難しいテーマまで、なんでも語り合える女子大生に、これまで会ったことがなかったと言う貴光は、たいへん興味を示し喜んでいました。

しかし、これからの活動が楽しみだと期待していた矢先に、阪神・淡路大震災が発生し、貴光は彼女たちの前から姿を消してしまったのでした。

裕美子さんの自宅も貴光の下宿先と同じ西宮市夙川にありました。時間があるときには、夙川沿いの公園のベンチで菓子パンを食べながら五時間も語り合ったというエピソードがあります。

阪神・淡路大震災で甚大な被害を被った兵庫県でした。

裕美子さんの自宅は山の手にあり、倒壊は免れましたが、壁はひび割れ、各部屋、廊下などには物が散乱し足を踏み入れる場もないほどの被害だったそうです。

また、当時、父親の経営されていた外食チェーン会社の被害が大きく、ご家族はその対応に追われる過酷な状況だったそうです。

そんな状況下で、裕美子さんの脳裏にふと貴光のことが浮かび、不安が募ったのだそうです。

「加藤君から何の連絡も入らないのはおかしい。彼の性格だったら自分のことより仲間のことを案じるはずだから」。そう思った彼女は、翌日貴光の下宿先のマンションを訪ねてくれたのでした。しかし、そこにあった現実は無惨な状況だったのです。鉄筋コンクリートの五階建てマンションは、貴光のいた二階以下が押しつぶされ北側に倒れていたのです。

「加藤君が死んじゃった!」

常に冷静で何事にも動じることのない凛とした性格の裕美子さんが、公衆電話から自宅に通報した声が悲鳴にも聞こえるほどうろたえた様子だったので、母親の久子さんは驚き、裕美子さんを案じて、マンションに駆けつけたそうです。

久子さんはそこで初めて加藤貴光という長女裕美子さんの友人と出会ったのですが、そのときはもう貴光の命は絶たれた後でした。

彼女たちが、貴光の亡骸のそばで寄り添ってくださっていたころ、私は夫とともに広島空港から臨時便の飛行機に乗り伊丹空港に着いたころでした。

息子が亡くなっていることも知らず、ましてや、我が子の亡骸に、お会いしたこともない母子が寄り添ってくださっていることなど知る由もなく、ただただ息子の無事を信じて夙川のマンションを目指して歩き続けていたのでした。

やっとの思いで現場に到着し、息子の死を知らされたとき、私は、立っていられないほど膝が崩れ落ちました。両脇を抱えられるようにして亡骸が安置されている場所へ向かうとき、そっと風のように通り過ぎる影を見たような記憶がありますが、その影が松本裕美子さん母子であったことが判明したのは、それから一カ月後のことでした。

「子どもたちが親友であったのですから、私たちも親友になりませんか？」

美しいペン文字で書かれた文章の末尾にこう記してあった松本久子さんからの手紙。打ちひしがれ心を閉ざしていた私が、初めて他者に手紙を書くという行動をとることができたのは、彼女の迸《ほとばし》るような思いが綴られた手紙の、この一文による感動から生じた力のおかげだったと思います。

こうして始まった彼女との文通は、当時まだ携帯電話もなかった時代の、手紙やＦＡＸでのペン文字による温かい交流でした。思いをペンに託しポストに投函して相手に届くまでの時間は、心の熟成時間となりました。ワクワク、ドキドキする時間が慟哭の濃度を薄め、「待つ」ことが心の痛みを包むオブラートの役割を果たしてくれたのではないかと思います。

その後、三月に神戸大学震災犠牲者合同慰霊祭が大学で行われ、私は神戸へ行きました。新幹線が開通していない神戸に行くには飛行機に乗らなければならず、貴光を捜しに行ったあの日の苦しみがよみがえるつらい時間を過ごしました。

しかし、あの日と違いかすかな温もりを感じたのは、神戸で待っていてくれる人がいたことでした。その人は、文通相手の松本久子さんでした。貴光に関わる人にはどなたでも身内のような気持ちで思い入れが強かった私ですが、久子さんは特別な存在でした。

感動的な出会いや、心が奮い立つような出来事に遭遇したとき、真っ先に報告したいと思うのは彼女でした。

私の身の回りで起こったすべての出来事を、私は逐一彼女に報告していました。その都度彼女は、私の言葉をしっかり受け止め分析し、今私の心がどのように動き、どのような方向に向かっているか、何を求めているかなどを適切な言葉で返してくれるのでした。彼女は心のキャッチボールができる唯一の友でした。

「貴光さんのことをもっと知りたいの。もっともっと聞かせて」

彼女のその思いは、私に生きる希望を与えてくれました。

人は二度死ぬ。

一度目の死は、命が消えたとき。

二度目の死は、忘れ去られたとき。

我が子が二度目の死を迎えると思うと全身に激痛が走るほどのつらさに襲われました。「二度目の死まで与えてはならない!」と思っている私の前に、今までまったくご縁のなかった方が、新たに貴光のことを知りたいと言ってくださることは、絶望の闇の中で見た一筋の光明のように私の足元を照らしてくれたのでした。

亡き子への手紙

当時の私はこの世のすべてに絶望していました。

二一年間わが家のたった一人の子どもとして大切に育み、家族として当たり前に生きてきた日常から、忽然と姿を消し戸籍謄本からも抹消された息子を思うたび、慟哭を超えて深い闇に突き落とされた心境でした。

「加藤貴光」という名前を自分の分身として、彼は二一年間、何度この文字を書き記したことでしょう。しかし、もう二度とこの文字を彼自身の手によって書くことはありません。時が経てばなおさらのこと誰からもこの名前で手紙も荷物も届かなくなるでしょう。

そう思ったとき、私の心はさらに深い谷へ真っ逆さまに突き落とされたような絶望感に襲われました。

これから先、どうやって生きたらいいのか、私は生きる方法を見失ってしまいました。

そんな私の元へ貴光あての手紙が届いたのですから、私はまるで彼が生きて、久子さんからの思いを聞いているかのような錯覚から、心が奮い立ち自らの足で立ち上がることができたのでした。

「貴光さん、初めまして、裕美子の母です。

こんなに近くに居ながらお会いしたことも、お話ししたこともなかった事が、不思議な気がしております。短い間でしたが裕美子と仲良くしてくださってありがとうございました。

—略—


お母様は、あなたの死を受け入れているとおっしゃいました。

それが、親にとってどれほどつらく悲しいことかよく分かります。

あなたのお母様にとってこの一年は、むごく長い時間でしたが、そんななかにあってもお母様は、ISAや大学のお友達、韓国のテーヨンたちに未来のあることを、心から喜んでくださり、その未来にご自分のこれからの人生を重ねてくださるとまで言ってくださいました。

子どもたちの喜びを喜びとして、見守ってくださると言われました。それを聞いて、私はただただ頭が下がる思いでした。

貴光さん、あなたをこの世に送り出したお母様は、あなたの思っていた通り、愛していた通り、素晴らしい方ですね。

これからは、裕美子やお友達がきっとあなたのお母様に、精神面での母になっていただ

く と思います。

あなた一人のお母様から、皆のお母さんになることを許してくださいね。

―略―

裕美子も、お友達の方も、あなたと知り合えたことで、大きな宝を心の中に持ちました。

そして、私も、親子とは、母とは、子とは、といろいろ考える機会を得ました。貴重な一年でした。

この手紙は、あなたに一言お礼を述べたいと思い書きました。

貴光さん、裕美子と親友になってくれてありがとうございました。裕美子の母として心から御礼申し上げます。

できれば、一度でもお会いしておきたかった。

心からそう思います。

明日は、裕美子とマンションの跡地に行ってきたいと思っています。

では、そちらでお元気で。

ご自分の道を進んでくださいね。

裕美子の母

平成八年一月一六日」

久子さんから届いたこの手紙を読んで、私は彼女の思慮深さや豊かな感性、知性に感服しました。「彼女と出会えてよかった」。心からそう思えました。

もし、彼女が私に直接「あなたは母として立派ね」と言ったとしたら、悲しみに折れてしまった心が、奮い立つほど感動したでしょうか。きっと、私の心には響かないまま、右から左へスルーしていたでしょう。

彼女からの手紙は貴光が読めるわけでもなく、私が最初に開封し読んだにもかかわらず、自分の知らない所で褒めていただいていたうわさが、人づてに耳に入ったときの、あの喜びに等しい感情が湧いたのでした。

久子さんから学んだことの一つに、子どもを亡くし絶望している親に、当人を慰めても立ち上がることはできないということでした。子どもを持った女性は、体内でまったく別の細胞が生まれると聞いたことがありますが、当然だと思います。自分の体の中で人間の子どもを育てるのですもの。我が身を削って長い時をかけ、守り育てるのですから。その子を突然奪われたら狂乱します。

自分のことを心配したり、褒められたりしても悲しく虚しいだけなのです。わが子が未来を絶たれたことだけが悲しいのですから。

久子さんの想像力、判断力、行動力の確かさに救われた私でした。彼女を信頼し、心を許せたのは、この手紙を受け取ったころからでした。

かたちは違えど共有できた苦しみ

当時の久子さんの家族は、ご主人と四人の子どもたちの六人家族でした。

第一子でただ一人の女の子である裕美子さんが、貴光の友人でした。

初めて会ったころは、裕美子さんへの思いが強く、久子さんの子どもとしてみるより、貴光の友人としてみることが多かったと思います。

やがて年月が経ち、久子さんと私の関係が密になっていくと、貴光の友人として見ていた裕美子さんを久子さんの娘としてみるようになっていました。

息子を亡くして五、六年になると、子どもの「死」という現実を覆っていた薄絹の幕が、するりとはぎ取られたかのように、その輪郭がくっきり見え始めてきました。

他家の家族が、以前と何一つ変わることなく、同じレールの上を走り抜けていく様子を見るたび、私は孤独に陥り、自分が地獄をさまよう虫のような存在に思えました。

人が不幸になってほしいなどとはまったく思っていないのに、人の幸せそうな姿をうらやみ、嫉妬する心がわいてくる。

しかし、それを表に出すことはできませんでした。貴光の母だから、あの子を汚すことは絶対できない。してはいけなかったのです。常に冷静そうに振る舞い、理想的な言葉しか出せませんでした。

心の内ではそんな葛藤で揺れていた私でしたが、久子さんには、その気持ちが持てませんでした。実は彼女も、私とはかたちは違っていましたが、震災の傷を受けていたからでした。

当時、外食チェーン会社を経営されていたご主人の会社が、震災で多額の負債を抱えてしまったのでした。そのうえバブルの崩壊でさらに困窮を極めたのでした。

それまでは、私にその窮状を語ることはありませんでしたが、震災六年目の一月一七日に、早朝の慰霊の集いが終わったら京都へ行こう。そしてホテルで一泊しようと言ったのです。私は、彼女の苦悩などまったく知らなかったので、貴光と三人で泊まろうと言う彼女の思いに賛成して、命日でズタズタに傷ついていた心を癒す小旅行のつもりで出かけました。

西宮市や神戸市から少し離れて、二人で（いや、貴光と三人で）京都の町を歩きました。彼女が予約してくれていた小さな旅館の小さな部屋で、突然彼女は電気を消し、持参していたキャンドルに灯をともし、ポツポツと話し始めました。

会社のこと。生活のこと。そしてこれからのこと。

キャンドルの炎が揺れるたびに、彼女の心も揺れる様子がうかがえました。

長年住んでいた自宅を出ることになったと聞いたとき、私の力ではどうすることもできない事態に陥ったことを察しました。

私は、つい先ほどまで貴光のことで悲しみにうちひしがれていた心を裏返しにされ地面にたたきつけられたような痛みに襲われました。

ここまで至るには、彼女も想像を絶する苦しい日々を送ってきたことでしょう。かたちは違えど、彼女の日常も震災によって失われ、ある日突然一八〇度転換した人生を歩むことになったのです。

彼女は、抑揚のない小さくつぶやくような声で私に語り始めました。

「私の苦しみなんか、あなたの苦しみに比べれば何でもないことなのよ。貴光君の無念を思えば比べようのない小さなこと。私には四人の子どもも健在なのだから。苦しいとき、いつも貴光君に語りかけ、あなたを思うの。だから、これからどんなことがあっても私は大丈夫だからね。でもね、あなたには前もってお話ししておかないとならないと思っていたの。でも、西宮や神戸から離れた所で告白したかった。あなたが貴光君の思い出とともに、大切にしている京都の地で打ち明けたかったの」

私は、彼女の話が現実のものだと実感するまでずいぶん時間がかかったような記憶があります。彼女の言葉が頭上を滑って流れゆく小川のせせらぎのような感覚で聞いていたことも。

助けることは助けられること

家計を助けるために、彼女はビルの清掃やスーパーなどの一日の売上金の仕分け作業の仕事を始めました。しかも、日中の仕事ではなく夜勤でした。

深夜まで作業をして帰宅する彼女の心の負担を、どうすれば軽減できるかと必死に模索しました。しかし、力もなく財力もない私には、彼女の肩にのしかかっている重い荷物を降ろす術など見つかりませんでした。

所用で田舎へ行けば、その途中にある産直市に立ち寄り、採れたての野菜やお米を彼女に送ったり、県北でとれるりんごを送ったりと、ささやかな季節の物を送るくらいのことしかできませんでしたが、彼女はその気持ちをたいへん喜び大切に思ってくれたようでした。

彼女は今でも「あなたが助けてくれた」と言いますが、私もまた、彼女が少しでも喜べるときを持てることを一番に考えることで、私の心を占めていた絶望感を二番目に置くことができたのでした。決して一方的に「助けた」のではありません。私も「助けられた」のですから。

落合信彦さんとの出会い

貴光が中学三年生のとき、学校の図書室で読んだ一冊の本、落合信彦著『アメリカよ！あめりかよ！』（集英社発行）によって、彼の視野は世界へと広がっていきました。

彼はその後、広島県立安古市高校へ進学し、在学中に開戦となった湾岸戦争を機に国連職員になることを決意しました。そして大学入学時から死の直前まで目標に向かって、学問に、また国際交流に邁進していたのです。

「タカは宇宙から地球を見るヤツでした。地球を知るために林を見つめ、林を知るために一本の木を見つめるヤツでした」

大学時代の友人が、貴光の生き方をこのような言葉で表現してくれましたが、広い視野で物事を見つめ考えることも、英語でディスカッション、ディベート、スピーチを完全マスターしなければ海外でよき人材として認められないということも、母国の歴史や文化を熟知していないと海外での活動や人間関係の構築は難しいなどのさまざまな情報も落合さんの多くの著書からヒントを得ていたようです。

「落合さんに会って討論してみたい。考え方の違いがあるからとても興味がある。落合さんに読んでもらえる論文を書きたい。どこかの出版社に頼めば届けてもらえるだろう」などと夢を語っていた貴光でしたが、ついに会うことも、論文を読んでいただくこともかなわぬまま、夢もろとも灰と化してしまったと、私は嘆き悲しみました。

しかし、貴光は高校生のころから高い志を持ち、目標に向かって死の間際まで輝いて生きることができました。あまりにも短い人生であり無念ではありますが、彼が生きた日々の充実感を思うとき、遺された親にとっては幾ばくかの安堵感がありました。

彼がここまで確固たる信念のもとに志を掲げられたのも、落合信彦さんの著書との出合いがあったからであると、私は深く感謝しているのです。

久子さんと出会った直後、このことを彼女に話したことがありました。彼女はしっかり記憶に留めてくれていて、貴光の死から二年目ごろから、「落合さんへ、貴光君のことを手紙に書くことを勧めるわ。彼のような若者が育ってくれたことが知れたら、落合さんもきっと喜ばれるわ。そうよ、あなたは落合さんに貴光君のことをお知らせすべきよ」と、言ってくれたのでした。

そう言われても、当時の私はなかなか書くことができませんでした。彼女は早く書きなさいとは言いませんでしたが、落合信彦さんの講演会を調べ、その翌年大阪で開催されることを教えてくれました。

私は矢も盾もたまらず、その講演会チケットの手配を彼女に頼み、二人で聴講することになりました。初めて落合さんの生の声を聞ける。そう思うだけで胸が弾けそうに高鳴りました。あのとき貴光は、どんな思いで会場に入り、どんな思いで聞いたのだろうか？

開場前の入場口は、学生風の若い男性が多く、長蛇の列をなしていました。場違いな私たち二人であることも一向に気にならないほど、心は高揚していました。

入場開始とともに持ち物チェックが始まり、バッグやポケットの中を入念に調べられました。そんな状況は、私がこれまで参加した講演会とは異なるものでとても緊張しました。

「貴光もこうして入場を許可されたのだろうか……。どんな気持ちでこのチェックを受けたのだろうか……」。心の中は、当時の貴光の気持ちを思うことでいっぱいでした。

中学三年生のときから高校、大学と落合さんへ敬愛の念を抱き続けていた貴光は、大学入学して間もなく、落合さんの講演会が大阪で開催される情報を得て、聴講することができました。共催している新聞社に応募したらチケットが当たったと大興奮して電話をかけてきました。

「その本人は、もうこの世にいないけど、私は今、あの子が並んだであろう長蛇の列の中に同じように並んでいる……」。私は、近くに高揚した貴光を感じながら、自分も心臓の鼓動に押し潰されそうな時間を過ごしました。

いよいよ会場の指定席に座り、落合さんの登壇を待つ時刻になると、心臓はさらに激しく脈打ち、隣に座っている久子さんのことも周囲の人びともまったく見えなくなっていきました。会場の真ん中にゆったり座っている貴光の幻が、私の心を占めていたからです。

開演のベルとともにスタスタと大股で登壇された落合さんの姿。そのオーラと聴衆の拍手の大きさで、すでに会場は熱気が渦巻いて活気溢れる空間でした。

「あぁ……この迫力と、世界で通用する人材育成への適切なアドバイス。これだったのだ……」

大学入学して翌月ごろから大学に失望しかけ落ち込んでいました貴光が、落合さんの講演を聴いて心を復活させ猛勉強を始めた理由が、はっきり理解できました。

終演後、私は席を立つことができないほどの疲労感と感動で涙が止まらない状態が延々と続いたことを忘れることができません。

その後久子さんは、毎年講演会の開催を調べ続け、その主催者へ、私のことを伝え、「もし彼女がお手紙書ける時期が訪れたら、その手紙を落合信彦さんへお渡し願えますか？」と、アポを取り付けてくれていました。

そのころ、彼女の生活は困窮していたにも関わらず、手土産を持ち、交通費を使って主催者の事務所を訪ねてくれていたのです。その状況を把握したのは、数年後だったのですが、私は改めて松本久子さんの誠実さ、強い信念、愛の深さを知ることになったのです。

二〇〇二年五月の末に私たちは、大阪市民大学主催の落合信彦講演会へ行きました。その二、三日前に、私は落合さんへの手紙を彼女に送り、その手紙を受け取った久子さんが、主催者の事務所に届けてくれました。開演前から、私はこれまでの講演会とは異なる気持ちで臨んでいました。

今日から、落合さんの中に加藤貴光の存在を宿していただける。あれほど会いたいと言っていた貴光が、やっと落合さんと会える。そう思うだけで涙が溢れました。私の役目を果たせたささやかな安堵感も伴って、私はこれまでになく冷静に開演を待つことができました。

封筒の中には、私からの落合さんへの手紙と、貴光が亡くなる数カ月前に書いた韓国の学生との交流報告レポート、そして、大学入学時に私あてに書いてくれた彼からの手紙を同封しました。

「落合さんに読んでいただけるような論文を書く。必ず落合さんへ届ける」

その言葉を遺したまま旅立ってしまった貴光の無念を思い、論文とまではいかないものの、最後に書いたレポートを読んでいただけたらと念じ、同封したのでした。

会場に、開演時間が一五分遅れるというアナウンスが流れました。いよいよ落合さんが登壇され、開口一番、「今日この講演に臨む前にたいへん感動をいただきました。この会場に来てくださっていると思いますが、広島の加藤りつこさんからの手紙を読ませていただきました」と言われたのです。

たいへん驚き、感動し、心臓が激しく脈打ち始めました。開演が一五分遅れたのは、私の手紙と貴光のレポートを読んでくださっていたのです。

私は、この広い会場のどこかで、貴光が聴いてくれていることを信じ、落合さんの言葉を一言一句聴き逃すまいと心を集中させ聴き入りました。後から後から、頬を伝う涙をぬぐうことも忘れて……。

私は、落合さんへの手紙の末尾にこう書き記していました。

「落合さんの存在が生きる糧となり、精一杯生きた〝加藤貴光〟という青年がこの世にいたことを、どうか心の片隅に置いてやってくださいませ。

亡くなる数カ月前に書いた韓国学生との交流についての報告レポートを同封させていただきました。落合さんに提出するレポートではございませんが、お目通しいただければ幸いです。私事で貴重なお時間をいただきましたことをお許しくださいませ。

野山には今年もまた、澄みきった青紫色の紫陽花が咲き始めました。

落合さんと出会った多くの若者たちが、社会の中における自分のポジションを見い出し、生きる力を得ることができますように……。

これからもどうかお元気でご活躍くださいますよう、お祈り申し上げております」

落合さんは、お話の締めにこう付け加えられました。

「冬の時期に自分という土壌に肥料を施さなければ、春に花は咲かない。今咲き始めた紫陽花も、水やりを怠れば花は枯れる。君たちが、今土壌を肥やさなければ花を見ることはないんだ。君たちは生きているではないか！　何もしなかったら加藤君に申し訳ない。春に花を咲かせてください。私は青紫色の紫陽花の花が好きです」

そう言って一礼され、拍手の渦の中を降壇された落合さんの姿が、一三年という時を経た今も、私の脳裏に鮮明に刻まれ消えることはありません。

私の手紙を読んでくださったことが、この最後の紫陽花のフレーズでよく分かりました。詠み人に対する返歌のような言葉で締めくくられた落合さんの粋な計らいに、またまた涙の私でした。

「ありがとう、久子さん。ありがとう……」。彼女は、想像を超えるほどの窮状にありながら、貴光のためにと一生懸命動いてくれていたのです。私は、彼女のその思いにどれほど救われたことか。彼女に深く感謝すると同時に、こんなたいへんな時期に申し訳なかったと謝罪しました。しかし、彼女の口から発せられた言葉は、予想外のものでした。

「私は今、とてもたいへんな状況にあり、精神的にも落ち込む日々だけど、貴光君やあなたの思いを落合さんへつなぐことで、とても励みになったの。あなたが救われたと言ってくれたように、私もまた、この一件で、心のバランスを保っていたように思うの。だから、申し訳ないと思わないで。私も救われていたのだから」

To Help Is To Be Helped（助けることは助けられること）

これは、貴光が大学一年のとき、英語のスピーチコンテストで優勝したスピーチのタイトルです。まさに、彼が考えていたことを、私たちは今、実践しているのです。支えるには、同等の力で押し合わなければ、立ち上がることも、前に進むこともできません。どちらかが一方的に寄りかかっていたのでは、相手は潰れます。互いが喜びあえなければ、関係は成り立ちません。

このときの喜びは、私だけのものではなく久子さんだけのものでもなく、二人の喜びとなったこと、また、手紙を受け取ってくださった落合信彦さんにも喜びだったことを知ったとき、慟哭の真っただ中にいた私は、心が晴れ渡った青空のような清々しさを覚えました。「みんなが喜べること」。この体験が、現在の私の生き方の原点となっているのです。

落合さんに手紙を届けられたことで、ホッと安堵した私でしたが、広島に帰って三日後の六月三日、シーンと静まり返った昼下がりのリビングで疲れた体を休めていたら、突然電話の着信音が響き渡りました。

「落合です」

「……?」

一瞬耳を疑った私ですが、あの声です。威厳のあるあの響きです。落合信彦さんからの電話だったのです。

今、日本の若者は海外で発言できない者が多く、将来を危惧していると言われました。そして、貴光のような青年を失ったことは断腸の思いだと言ってくださいました。

これから世界でリーダーシップを取れる人材を育成するために、ホームページを立ち上げ「勝ち組クラブ」という会員制の塾を始めたところだと言われました。四月から開講した翌月に私の手紙が届いたことを、「偶然ではない。このネットでの塾が、何か大きな存在に肯定されたような気がする」とも言われました。

「六月二〇日にアップするテーマに、貴光君のレポートやお母さんあての手紙、そして、りつこさんから私への手紙全文を掲載してもよろしいでしょうか」というお話でした。

私は、もちろん快諾しました。貴光が落合さんのお役に立てるという夢のような展開に、私の心はより高揚し、生きることへの希望を取り戻し始めたのです。

「記事として掲載する際、貴光君の写真が数枚欲しいのですがお借りできますか？」と言われました。私はもちろん喜んでお送りしますと応えましたが、どちらへお送りすればいいのか尋ねました。というのも、貴光が生前落合さんへ自分の書いた論文を送りたいが、落合さんは海外を飛び回っておられ、日本に家を持たれていない。どこへ送れば届けられるか分からないと言っていたのを思い出したのです。

落合さんは、それに応え、「今からあて先を申し上げるので控えていただけますか？」と言われました。私はドキドキしていました。

「東京都〇〇〇……」それは、某高級ホテルの一室でした。

「日本ではこちらにお住まいだったのですか！　貴光が、落合さんに読んでいただく論文を、どこへ送ればいいのか分からないと言っていたのですよ……」と言いながら、私は、「貴光に教えてやらなければ！」と矛盾したことを思うなど心は舞い上がり、異常に興奮していたように思います。

「そうなんですよ。ここが、私の事務所兼日本での住居なんですよ」

今でこそ、メール添付で、地球の裏側にいる人へも即届けられますが、当時は時間がかかり、また調べるのも困難な時代でした。

貴光の知らなかったこと、知りたかったことが、私の中で大きな無念の塊のように固まっていましたが、そのときを機に、緩やかに溶けていくのを感じました。

こうして、六月二〇日の「勝ち組クラブ」に、貴光のことが大々的にアップされたのでした。落合信彦さんと貴光がつながって、日本の若者を世界の若者に育てたいという落合さんの熱い思いをサポートできた喜びと安堵感で、もうこれで私のできることはすべて終わったと思っていました。

ところが、その翌年の秋ごろ、自宅の電話に見知らぬ方からお電話いただきました。

「東京の青春出版社の〇〇でございます。突然お電話差し上げますこと、お許しくださ い」

「……？」

出版社の方にご縁のなかった私になぜ？

次の瞬間、私は言葉を失うほど驚きました。

「小社発行の月刊『ビッグ・トゥモロウ』で連載していただいた落合先生の記事をまとめて一冊の本にしようと思いまして、先生を訪ねましたところ、加藤さんからの封書を差し出され、プロローグとエピローグで載せてほしいと言われました。拝読しましたところ、たいへん感動いたしましたので、ぜひ掲載させていただきたく、ご連絡差し上げました」

落合さんのホームページへの掲載だけでも感激して十分喜びをいただいたのに、忘れたころに、今度は本に……。沈みかけていた私の心が、またまた急浮上することになったのでした。

それからは、出版社の方とのやりとりで、私は、落ち込んでいる暇がなくなりました。原稿のゲラがあがると、私がチェックするのですが、それが楽しみで希望をいっぱいいただきました。ときには雑談で、落合さんのことをお話しくださって、私に感動を与えていただきました。

「私が落合先生に出版のお話を持って行ったとき、加藤さんからの封書を差し出されましたが、それは、先生の大切なものが収めてある場所にあったのですよ。先生は、その封書を大事そうに私に手渡されました。加藤さんのことを大切に思われていますよ」

その言葉を聞いた瞬間、一年前、落合さんから初めてお電話いただいたときにかけてくださった言葉がよみがえりました。

「貴光君がどんな人間で、どんな生き方をし、どれほど勉強しているか、この文章を読んだだけですべて分かります。私は、こんな若者を育てたかったんですよ。会いたかったです。残念でたまりません」

受話器を片手に、私はむせび泣いてしまいました。

「貴光……よかったね。あなたのことを落合さんは、しっかり記憶に留めてくださったのよ……」

それから半年後の、二〇〇四年四月一七日に発行された『崖っぷちで　踊るヤツ　すくむヤツ　逃げるヤツ』（青春出版社）のプロローグには、落合さんの言葉で貴光への思いが書き込まれてありました、そして、エピローグには、一二ページに渡って、私から落合さんへの手紙、貴光の報告レポート、貴光が私あてに書いてくれた手紙が、全文掲載されました。

息子の生きた証が、ここに刻まれたことで、私は感謝してもしきれない気持ちです。これも、松本久子さんの熱い思いと出合えていなかったら実現していません。彼女と出会い二人で荊の道を迷い、喘ぎながら歩いた日々の結晶だと思っています。ただひたすら歩くことを止めなかったおかげで今があるのです。生きていてよかった……。

苦しみの土壌を耕して咲いた花

久子さんには四人の子どもがいます。今では全員結婚し独立しています。最初に結婚したのが次男でした。彼ら夫婦に二〇〇七年三月二三日、かわいい女の子が生まれ、松本家に明るい光を照らしてくれました。

初めての孫は、心労がたたって病床に伏しておられたご主人の心を救ってくれました。久子さんも、かわいい孫の育児を手伝いながら、心に灯を見ました。しかし、孫の一歳の誕生日をお祝いすることもできず、ご主人は二〇〇八年二月一九日に他界されました。お誕生日にはケーキを買ってお祝いしようと楽しみにされていたのですが、あと一カ月を待てず旅立たれてしまったのです。

震災から一三年目の寒い日でした。この一三年という月日が、ご主人にとってどれほど過酷な日々であったか、想像するに余りある人生だったと思います。

私が送っていたコーヒーを「加藤さんのコーヒー」と言って愛飲してくださったこと。広島のお米を送るたびに、「加藤さんはうちの米びつが見えるのかなぁ、なくなったなと思ったら届けてくださる」などと喜んでくださったこと。「加藤さん、これからもずっと久子と仲良くしてやってくださいね」と久子さんのことを心配されていたこと。ご主人との思い出が走馬灯のように脳裏をよぎりました。

私も、あの震災から苦しみが始まりましたが、同じように苦しみを抱えた人が、私の傍らにいて、共に生きてくださったことで、私の重い荷物も半分軽くなりました。私にとっても、ご主人とのお別れはつらく耐えがたいものでした。ただただご冥福をお祈りすることしかできませんでしたが、心の中では今もなお共に生きていただいています。

つらいことが続いて、久子さんの心は「疲労骨折」状態でした。彼女が癒されたのは、孫の成長に伴って始めた、きれいな布でのかわいいベビーグッズの手作りだったのではないかと思います。久子さんは布が大好きで、自分でも「布フェチ」とまで言うほどのこだわりを持っています。かわいい洋服や、ベビー用のリュックやポシェットなどを手作りして、孫にプレゼントしていました。

「この布で何を作ろうか」と考えているときが至福のときだと言う彼女は、あるとき、お嫁さんの一言をヒントに、ベビー用のスタイ（赤ちゃん用よだれかけ）を作ろうと思い立ったのです。

「この子はよだれが多い子だから、一日に何枚もスタイを交換しなければならないんですよ。いつもスタイを着けていないとお洋服が汚れるし、外すことができません。折角かわいいお洋服着せていても、スタイで隠れてしまって……」

その一言が、久子さんの創作意欲をかき立て、試行錯誤しながら、かわいいお洋服のようなベビースタイを考案し試作しました。よだれが多くても、洋服まで浸透しないような工夫や、赤ちゃんの口元に近い所に着けるものとして、素材を吟味し害のない布を選びました。また、肌荒れを起こさないための工夫など、孫への愛情がたっぷり詰まったベビースタイができ上がったのです。お孫ちゃんのママは大喜びで、そのスタイを着けお出かけしました。

いつの間にか、そのスタイが友人や知人の間で評判になり、商品化して販売してほしいという声が広がりました。久子さんは、商品化するつもりで作ったのではないので、ためらいもありましたが、四人の子どもたちのサポートを受けることで、決断したのです。

会社を立ち上げるといっても資金のない彼女でしたが、長男夫婦がＩＴ関係の仕事をしているので、まずホームページを立ち上げ、ネットショップでの販売からスタートしました。

そして、二〇〇九年九月一日、久子さんが還暦を迎えた年に起業し「グランマーマのお針箱　bib-bab」が誕生したのです。

素材や縫製などの品質のよさやデザインの品のよさ、それらを作り販売するスタッフの誠実さなどが口コミで広がり、それが大手の雑誌社やメディアに認められ、今では全国四七都道府県の方がたに届けています。

阪神・淡路大震災から一四年目。彼女も私も、この年が後半の人生のスタートの年でもありました。お互いを思いあい、励ましあい、学びあい、共に生きてきたことで土壌は耕されました。

彼女も今では一二人ものパート社員さんを抱えた社長として、輝きながら生きています。

苦しみから逃げ出さないで、誠実に生きることで、新たな世界を見ることができた松本久子さんとその家族に、私は多くの学びをいただいています。

彼女とともに生きた二〇年に心から感謝するとともに、彼女と出会えたこと、彼女と心友として今日まで生きることができたことを誇りに思います。

「支えるということは、互いに同等の力で押し合うこと」。どんなにつらくとも、精神的に自立できる人間でありたい。それを再認識した二〇年でもありました。

「親愛なる母上様」の手紙が歌に……音楽家・奥野勝利さん

大都会の一角で、心を病み体調を崩していた一人の青年音楽家がいました。奥野勝利《まさとし》さん、当時三三歳の若手作曲家でした。

彼は、横浜で生まれ、小学校低学年までは日本で暮らしていましたが、父親の仕事でシンガポールへ移住しました。小、中、高とシンガポールで生活し、その後アメリカへ渡り音楽の勉強をしました。海外で二三年間暮らした彼は、自分の国、日本を知るために単身帰国を決意し、三〇歳で日本（東京）に帰って来たのでした。

しかし、幼いころの思い出の中の日本の景色はなく、人間関係の希薄な大都会に戸惑った彼でしたが、東京で生きていくために、作曲の仕事を始めました。

ＣＭ音楽や映画、ドラマなどの音楽の作曲の依頼が少しずつくるようになり、スタジオを持つことができました。順風満帆に人生を歩める目途がついたかに思えた東京暮らしでしたが、彼の心には隙間風が吹き始めていたのでした。自分の音楽が何に役立っているのか？　何のために音楽を作っているのか？

金銭的に豊かになっていく日々とは反比例し、彼は無味乾燥で空虚な日々を送るようになりました。外国で暮らしているときには治まっていた喘息やアトピーが再発し、身体的にも限界がきていました。

「もうダメだ。ここにいたら命が危ないかもしれない」と思った彼は、精神的にも疲弊し、引きこもりがちになっていったのでした。日本を離れよう。そこまで考えていた彼でした。

そんなある日、彼はネットでたまたま行き当たった手紙に心が釘付けになりました。その手紙が、「親愛なる母上様」の書き出しで書かれた貴光の手紙だったのです。

この手紙がなぜ、彼の心に留まったのか。彼は、毎日すてきなニュースを捜していたのです。

気持ちが沈んでいったのは、日本のニュースがあまりにも暗いものが多かったということも起因していたようでした。

「いいニュースが報道されないのなら、マサ君がいいニュースをポッドキャスティングで配信したらいいじゃないの」

友人のこの一言で、彼は配信を開始したのです。「にこにこ新聞 by ゆーとぴあすとりーと」。このブログに掲載する、心温まる記事を捜す毎日でした。

二〇〇七年一月一七日。この日が阪神・淡路大震災から一二年目だということを、彼は知る由もありませんでした。

「何かいいニュースはないか……」

捜していくうちに、ふと見つけた「親愛なる母上様」という書き出しの手紙文。

そして、それが一九歳の青年が書いた母親あての手紙であり、その彼は、一二年前に起こった阪神・淡路大震災で亡くなってしまったことを知ったのです。

彼は、この手紙に感動し、文章の一言一句変えることなく、何かにとりつかれたかのように曲をつけたのです。そして、その日のうちにキーボードで弾き語り、彼のブログへアップしたのでした。

そのようなことが東京で起こっていることも知らず、私は神戸で悲しい命日を過ごしていました。当時、私は、パソコンを持っていなかったので、何が掲載されているか、何が起こっているかもまったく知りませんでした。

そして時が経ち、その日から一〇カ月後の一一月一八日に、私は所用で妹の家に行きました。妹が、「久しぶりに『加藤貴光』でネット検索してみよう。何か新たな記事が載っているかもしれないから」とパソコンを開きました。しばらくして、彼女が奇声を発しました。「えぇ〜っ！　これは！　ちょっと来て来て〜！」

私は驚いてパソコンの前に行きました。妹は、私に席を譲り、音楽を聞かせてくれました。私が惹きこまれるようにイントロを聴いていると、突然聞き覚えのある歌詞が流れてくるではありませんか！　私は不思議な感覚で聴き続けました。

この手紙をもらった日からこれまで、私はこの文章を何度読み返したことか。数え切れないほど文面を目でなぞった手紙文でした。それを、知らない人が歌っているのです。知らぬ間にメロディーがついていたのです。

作曲した人は誰ですか？

歌っている人は誰ですか？

このブログの主は誰ですか？

私には分からないことばかりでした。

私は友人たち数人に連絡して、この歌のことをお話ししました。そして、このブログの主を捜してほしいとお願いしたところ、翌日一一月一九日に、名前とアドレスが分かりました。私は、すぐにでもメールしたかったのですが、周囲の人たちはとても心配し、メールはしないほうがいい。相手の人がどんな人か分からないのは危険だからと反対されました。

でも、この手紙に心を留めた人なのだから、私には悪い人だとは思えませんでした。制止を押し切ってメールしたのです。翌朝、メール返信があり、奥野勝利さんという青年とつながったのです。それからはお互い、自己紹介から始まって、近況などを報告し合いました。

彼は体調を崩し、これ以上日本で暮らすことはできないと思い、スタジオで使っていた機材を処分し、古い軽自動車を譲り受け、私がメールした日のちょうど一カ月前に、旅に出たところでした。

旅をして古き良き時代の日本を捜そう。そして、自分の思い出の中の美しい日本を心に抱いてアメリカかシンガポールへ帰ろうと思っていたのだそうです。メールで語り合っているうちに、次第にマサ君という人物が立体化してゆきました。

こうして往復一〇〇通目のメールで、彼を広島に迎えることになりました。

二〇〇八年一月二日、阪神・淡路大震災から一三年目のお正月に、彼と初対面となりました。

対面する前に、私の妹が彼のことを調べ、写真を見せてくれました。ハンチング帽をかぶり、タートルネックのセーターにジャケットを羽織った上半身の写真でした。小ざっぱりと清潔感に溢れた好青年でした。さりげないおしゃれ感覚のあるすてきな人だなと好感度抜群でした。私の友人や知人も期待していました。いよいよわが家へやって来る約束の時間が訪れました。テレビカメラも新聞記者も、皆さんわが家で待機していました。

ピンポ〜ン……ピンポ〜ン……

「来た！」

ドキドキしながらドアを開けると……、玄関前にニコニコしている男の人が立っていました。

私の中ではマサ君は、ブラウンのハンチング帽をすっきりかぶり、ブラウンのジャケットをパリッと着こなしていた写真のイメージしかなく、一瞬言葉を失いました。

ハンチング帽はかぶっていましたが、サイドにメッシュ入りの季節外れの帽子でした。

その帽子の下からボサボサの伸びきった髪の毛がはみ出し、寒い冬なのに袖が短く手首がはみ出したサイズの合っていない薄手のブルゾンを着て……。あの清潔感は？

まったく別人のようでした。

「マ、サ、く、ん……？」

その日から一〇日間ほど、わが家にホームステイしましたが、彼が広島に来る前から、私の友人や知人たちが声をかけあって、コンサートで彼のお披露目をしようと言って、会場を数カ所準備し、お客さまを集めてくださっていました。

早速、私からマサ君にそのことを伝えましたが、「駄目だよ、コンサートなんてできないよ」と言うのです。私は困りました。会場まで借りて、お客様まで集めてくださっているというのに、いまさら、できません……とは言えません。

「マサ君、お願いだから、一曲だけでもいいから歌って！ それができなかったら、皆さんに申し訳ないから……」。私は、何度もお願いしました。何日もかけて説得しましたが、なかなかOKしてくれませんでした。コンサートの日が間近に迫ったある日、やっと承諾してくれました。

「よかった！ 間に合った」。コンサート当日、マサ君も、私もハラハラドキドキ。

「頑張れ！ マサ君！」。私は、心の中で祈り続けました。

しかし、彼がしり込みした理由がよく分かりました。ポッドキャスティングで流れていた、あの歌唱力はありませんでした。

「かわいそうなことをした……」。私は後悔しましたが、彼の声の質はとてもよく、手紙のイメージが表現され、心にしみ入る曲に救われました。

しかし、終わってから、主催してくださったお一人から「歌、下手じゃのぉ」とかけられた言葉には心が痛みましたが……。

マサ君にしてみれば、心の準備もないまま、自信もないまま人前で歌わなければならない環境に追い込まれたのです。苦悩しつつも歌ってくれたことに、私は感謝しました。それからも彼は、嫌だと言えず、数カ所の会場で歌うことになったのです。

二〇〇八年一月一七日。阪神・淡路大震災から一三年目の寒い朝五時四六分。

私は神戸三宮の震災メモリアルパークの東遊園地でキャンドルに灯をともし、「一・一七希望の灯り慰霊の集い」に参加しました。マサ君も初めて参加してくれて、一緒にキャンドルをともしました。

つい先日まで、まったく知らない者同士だったマサ君が、心身ともに冷え切った私の傍らにいて温もりを与えてくれている。亡くなった息子と同い年の青年が。出会いの不思議さに戸惑いもありましたが、マサ君の人間的な魅力が分かり始めたことで、この出会いは特別なものに進展するのではないかという予感もありました。

一方のマサ君も、無理やり人前で歌わされたことで、この手紙の役割を感じていたようでした。

しかし彼は、自分の将来について悩み思案し日本を離れることを決意したところだったのですから、悩みはさらに膨らんでいきました。

関西でのライブを無事終えた彼は、そのまま旅を続けるために、神戸からフェリーに乗り鹿児島へ向かったのです。鹿児島県の志布志港に着いて、大隅半島の大らかな自然に包まれました。都会では感じることのできなかった心のゆとりを取り戻し始め、その土地の人に話しかける勇気も得ました。

どこの誰とも分からぬ自分に、おむすびを作り、ご飯を食べさせてくださる人たちが日本（ここ）にいる。マサ君は、旅の始まりで優しい人たちに出会い、田舎のすばらしさを発見し、少しずつ人を愛する心を取り戻していったのでした。

寒中の一月末、旅が始まったばかりのマサ君から電話がかかってきました。

「今、鹿児島です。寒い日だけど滝に打たれ、ぼくは考えました。今、決心しました。ぼくはこれからウシくんと一緒に生きていきます。この歌を歌い続けたいと思います。承認してくれますか？」

コートを着ていても寒い日だというのに、滝に打たれたなんて、彼の悩みは想像を絶するものだったと分かり、私は彼への信頼を深めていったのでした。

彼はその後も旅を続け、多くの人との出会いをいただき、多くの体験をしました。悩み、苦しみ、出会いや別れを繰り返しながら成長し、今八年目を迎えようとしています。歌もたいへん上達し、彼の歌で涙する方がたが大勢います。全国各地から依頼があり、軽自動車に機材一式積んで、どこまでも走ります。マサ君の音楽を必要としてくださる方がたの所には、万難を排して駆けつけています。

「ぼくは、ウシくんとお母ちゃんに、新たな使命をいただきました。これからも命ある限りウシくんと一緒に生きたいと思います」

そう言ってくれるマサ君でしたが、当時の私の心は複雑でした。

人生に迷い、歩む道を失っていた若者が、未来に向かって一歩踏み出そうとしている。

貴光が遺してくれた私への手紙が一人の若者の未来へ光を放ったことは、たいへんうれしく光栄なことではありましたが、一方で、同い年の二人の「陰と陽」のあまりにも極端な人生に涙する日もあり、手放しで喜べない自分もいました。

また、この手紙は、生きる支えとして、私だけのものでした。貴光が私の息子としてこの世にいたという、私の目に見えるたった一つの証でした。それが、他者の手に渡り、共有しなければならないという寂しさもあったのです。

この歌を歌わないでほしいといつ言おうか、ずいぶん悩み苦しんだ時期もありました。貴光を亡くして一五、六年。マサ君と出会って三、四年ごろまで私は、貴光の死に固執し、その殻を破れず、心を固く閉ざしていました。

人の幸せを自分の幸せとして喜べない心は、嫉妬心に変わり、その先に惨めな自分を見せつけられるのでした。

自分の首を自分で締めつけて苦しんでいるということは分かっているのに、変わることのできない自分。そんな自分が嫌で仕方ないのに変えることのできない心。葛藤の連続でした。私は、一生この心を抱えて生きるのだろうか。

生きてゆくこと、人と出会うことは、いいことばかりではないということを感じていましたが、今振り返ってみれば、それらの苦しみがなければ気づかなかったことも数多くあります。

自分の前に起こるすべての出来事、自分の内側に湧きあがるすべての感情。何一つ無駄なものはありませんでした。その一つひとつを人生の糧として生きることができたのは、多くの方がたとの出会いからでした。

その一人にマサ君がいてくれたことを幸せに思います。付き合いが長く密になって初めて分かる彼のすばらしさ。外見は誤解されやすい人かもしれませんが、彼の心は純粋で汚れることはありません。一度思い込んだら、どんなに嵐に巻き込まれようとも、その人を思う気持ちの変わらない人です。

しかし、近くではその気持ちを表すことはありません。さりげなくそっと見守ってくれて、ここぞという場面で助けてくれます。その距離感が何とも言えず心地いいのです。

奥野勝利さんと著者（2014 年 11 月 15 日、大阪府高槻市、毎日新聞社提供）

「自分の音楽を必要としてくださる人に、音楽でお仕えできることを幸せに思う」と言う彼の真っ直ぐな精神に感服する日々です。

私たち日本人が忘れかけている心を思い出させてくれる彼の精神は、旅に出る前に彼が捜していた、日本の原風景そのものではないかと思います。

今、穏やかな気持ちで、私は彼に伝えたい。

「この手紙に衝撃を受けてくれた人、それに曲をつけ歌ってくれる人が、放浪の音楽家・奥野勝利さんでよかった」

マサ君と出会え、共に生きられることを幸せに思い、誇りに思います。

第八章　雪解けの季節

一から始まる悲嘆の日々――東日本大震災

二〇一一年三月一一日。

多くの命が奪われ、多くの財産や思い出が失われ、幸せだった日常が消えました。

未曾有の被害をもたらした東日本大震災の当日、私は福山市の倫理法人会のご依頼により、モーニングセミナーでお話しさせていただきました。

午前六時開会のセミナーでしたから、閉会後、役員の方がたと朝食をご一緒し、広島市の自宅に帰ったのは正午過ぎでした。遅い昼食を済ませ、昨夜一泊した荷物を片付け、洗濯を済ませて、ブログやメールチェックのためパソコンに向かったのは、午後二時半を回っていました。

突然画面に現れた地震情報。そして、次に出たのが津波警報でした。私は慌ててテレビをつけ、最初に目にしたのが、津波のシーンでした。高台から撮影された画面には、目を疑うような波のうねりが映し出されていました。住宅の屋根が津波にのまれ、再び現れたときは、波とともに流されていきました。

人影は画面には見えませんでしたが、この中に誰かがおられたら……そう思うだけで心臓の動悸が激しくなりました。

広い畑のような大地をのみこんでいく波。農道のような細い道路に車が一台。追いかける波を背に走っていました。「早く早く逃げて！」。私はテレビに向かって叫んでしまいました。波の速度が速いからか、車が加速していないように感じ、とてもいらだたしく思いました。と、次の瞬間波が白い車を覆い、画面は別のシーンに変わりました。

あの瞬間が今でも脳裏から消えません。思い出すたびに身震いするほどの悪夢のシーンです。私の脳裏には一六年前の阪神・淡路大震災のショックが再びよみがえり、体が震え涙が溢れ出て何も手につかなくなってしまいました。

「あの日の私が、これからまた始まる」。一六年前からたどってきた慟哭の日々が、また新たに始まったような、異常な精神状態に陥りました。同時に、私が体験した慟哭の始まりを、東北の人たちが一からたどって生きられるのかと思うと、お会いしたこともないお一人お一人の人生に、私の人生を重ね、深い悲しみと無念と絶望に打ちひしがれました。

「加藤さんは、震災でつらい思いをされましたが、この東日本大震災で甚大な被害を被った方がたに何をされたいと思っておられますか？」

メディアの方がたから、このような質問を数多く受けました。私は、その都度こう答えました。

「即行動できる人、直接現地で行動できないが後方支援に回る人、義援金で支援する人など、それぞれの人たちすべてが必要です。時の流れとともに、メディアの報道は減少し被災地外の人びとの関心は薄れます。私は自分の体験上、それ以降の交流と支援を考えたいと思います。震災から三年後くらいから、自分にできることを考えていきたいと思います」

被災者の方がたは、普通に日常を生きている人たちの無関心はつらいはずです。

私は、東日本大震災によって、私の中の消すに消せない慟哭をもう一度たどり直し、これから自分がどのように生きて、何をすべきか考える時間を与えられました。

情熱の人、風の人…毎日新聞記者・中尾卓英さん

東日本大震災が発生した年の秋に、音楽&トークセッションで、私はマサ君と一緒に、広島県三原市の神田東小学校へ行きました。校長先生のご依頼で、毎日新聞社尾道支局の中尾卓英《たくひで》記者が取材に来られました。

後にこの中尾記者との出会いが、私の心の復活につながることになろうとは、当時の私には予想もできないことでした。

「はじめまして」とあいさつする私に、中尾さんは「私は初めてではないんですよ。直接お会いするのは今日が初めてなんですけどね」と切り出され、「実は、私は神戸出身で、阪神・淡路大震災のときは神戸で記者をしていました。そのころから加藤さんの記事を読んで、いつかお会いしたいと思っていました。やっと出会えました」と言われたのです。

私はたいへん驚きましたが、あの震災を体験された神戸出身の方だと知って、まるで身内と会ったような親しみと感動を覚えました。

右手でペンを走らせ、左手にハンカチを持って、涙をぬぐいながら私の語りに聞き入る

彼の姿に、私は、今までの取材で感じたことのない温もりに包まれました。中尾さんの前では、何でもしゃべってしまいそうな、温和で懐の深い方でした。

人間味溢れる彼の記事は、懸命に生きる人をすくい上げ、後ろから温かく応援する気持ちが行間ににじみ出る文章で綴られます。読者の心にしみるすばらしい記事を書かれる記者です。

また、神戸の復興にもご尽力された方でした。現在でも継続され広がっているぼうさい甲子園の立ち上げに、中尾さんたちが中心となって取り組まれました。未来を担う、小学生、中学生、高校生、大学生が、防災、減災への意識を高めることで、若い世代の子どもたちから社会全体への啓発効果を目的とされています。

中尾さんは、どこへ異動されても、取材で出会った方がたとつながり、人と人をつないでは消えていく風のような不思議な人なのです。

神田東小学校で出会った日から二カ月後の二〇一二年一月一四日、阪神・淡路大震災から一七年目の三日前、マサ君と私は、兵庫県宝塚市の地域の震災メモリアル事業の依頼に応え、音楽とトークで参加しました。中尾さんは尾道市から取材に来てくださいました。その記事が震災一七年目の新聞紙上に掲載されました。掲載日から数日後、中尾さんから連絡がありました。

「広島県福山市の盈進《えいしん》中学高等学校ヒューマンライツ部の顧問である延和聰《のぶかずとし》先生からお問い合わせがありました。新聞記事を読んでくださったクラブ生たちが、ぜひお話を聞かせてほしいと言っているそうです。学校でお話ししていただけないでしょうか？」

中学生、高校生との出会いは、私のかねての念願でしたから、即日承諾しました。

こうして、中尾さんのおかげで、盈進中高ヒューマンライツ部のメンバーや、延和聰先生と出会ったのです。

この出会いによって、私の心にはびこっていた息子の死へのわだかまりが、雪解けのように溶け始めたのでした。

この出会いは、私のその後の人生に、豊かな彩りと優しく揺れる灯を添えてくれました。

しかし、私がヒューマンライツ部のメンバーと出会った日から二週間後に、中尾さんは、自ら志願し、東日本大震災の被災地である、福島県いわき市へ赴任されました。そして現在は、秋田支局の支局長として活躍されています。

風とともに現れ、風とともに去って行った中尾さんでしたが、その後も彼は、大切なときにそっと追い風を送ってくださいます。私が心の復活を得られたのは、中尾さんに結んでいただいた、すばらしい出会いのおかげでした。中尾さんの情熱に後押しされて、私も生きる姿勢を正すことができました。

「ヒューマンライツ部のお母さん」と呼ばれて
…盈進中高ヒューマンライツ部

息子の死から一七年目に出会った一七歳

二〇一二年は、私の心を大きく変える出会いが数多くありました。

その一つが、広島県福山市の私立盈進中高ヒューマンライツ部との出合いです。

毎日新聞の中尾記者の記事を読まれた顧問の延先生が、それをコピーし部員に見せたところ、全員から、「お会いしたい」と声が上がり、私は、その年の三月一七日に学校を訪ねることになりました。

ヒューマンライツ部は、中高生として地域や国際社会の平和と人権の輪を広げることへの貢献をテーマに活動するクラブです。夏の炎天下や、寒い冬の寒風の吹きすさぶ街頭に立ち、中高生核廃絶署名活動を呼び掛ける彼らの姿に、町行く人びとは足を止めます。若い彼らの小さな活動の継続は、きっと社会啓発の効果をもたらす大きな力になるものと思います。

「どうも、はじめまして。ご遠方からわざわざお越しくださり、ありがとうございます」

正面玄関で深々とお辞儀して迎えてくださった顧問の延先生にご案内いただき、クラブ室へ向かいました。

入り口のドアを開けると、集まっていた生徒たちが一斉に立ち上がり「こんにちは！」と大きな声であいさつをしてくれました。部員約三〇名ほどの生徒たちでしたが、誰一人目をそらしたままあいさつをする人はいませんでした。

彼らは、両サイドに並び花道を作ってくれました。その様子に驚いていると、突然「上を向いて歩こう」を手話を交えて歌い始めたのでした。彼らの手話が優しくて、私は歌声のアーチをくぐりながら涙が止まらなくなりました。

当時の部長は山本真帆さん、部員の中には、生徒会長だった小林美里さんもいました。彼女たちの即興のあいさつのすばらしさに感服し、ヒューマンライツ部の生徒たちと出会えたことに心から感謝しました。

私の話を聴きながら、時折涙をぬぐう者、唇を結んで涙をこらえる者、真剣に対応してくれる彼らの思いが、私の心に木霊《こだま》のように返ってくるのでした。なんてすてきな中高生なのだろう。最初の出会いで、私は盈進中高ヒューマンライツ部の生徒たちが大好きになりました。

ヒューマンライツ部生との初めての出会い（延和聰さん提供）

終演後何気なく私の目の前にいたすてきな男子生徒に声をかけてみました。「あなたは何歳ですか？」「一七歳です」。真っ直ぐ私の目を見てほほ笑みながら答えてくれた彼の言葉に、私はハッと目が覚めたような気持ちになりました。

貴光が亡くなって一七年といわれても、私にはいつも昨日のことで、決して過去の出来事ではありませんでした。しかし、今目の前にいる彼が、生まれて今日までの一七年がどれほどの長く重い時間の積み重ねであったかを教えてくれたのでした。

貴光が生きられなかった二〇年を生きた彼らは、

二〇一五年、二〇歳の成人式を迎えました。

出会いを紡いで

「りつこさんの講演のお手伝いをさせてください」

盈進中高のある福山市で私が講演をするという情報を聞きつけ、ヒューマンライツ部からうれしい便りがありました。一時間三〇分の講演時間の間に、内容のイメージに合った歌を手話で歌ってくれるのです。

福山市から講演の依頼があると楽しみでたまらなくなりました。

一緒にステージに立てる喜びは、私の気持ちを明るく前向きにしてくれました。

いつの間にか、彼らは私のことを「ヒューマンライツ部のお母さん」と呼んでくれるようになりました。

ある講演でサポートにきてくれた部員のお母さんが、終演後に私を訪ねてくださり、

「今お話を聞いてびっくりしたのですが、私は、貴光さんと同じ年に生まれたのですよ。同い年でした」。それを聞いて私はびっくりしました。

彼女は、ヒューマンライツ部中学一年生の男の子のお母さんでした。

「えぇ～！　ここにいるクラブ生たちは、私のことを『お母さん』と呼んでくれているので、私は厚かましくも母の気持ちになっていたけど、本当は『お・ば・あ・ちゃん？』」

私はたった一人の子どもを亡くして、子どもは遺影の中の貴光のみです。今でも二一歳の大学生の母親の気持ちのまま変わりません。孫のいる生活も想像できません。目の前にいる生徒たちを、母親の気持ちで見守ることはあっても、祖母の気持ちで見守る気持ちが分かりません。

この一件でも時の流れを実感しましたが、子どもたちは「いいえ、いつまでもりつこさんは私たちヒューマンライツ部のお母さんですよ～！」と温かい眼差しを送り続けてくれています。

彼らは、社会的に孤立している人や悲しんでいる人、苦しみを抱えている人たちと出会いつながっています。クラブのテーマは「手と手から」。クラブ員が代替わりしても、先輩から後輩へとつないでいきます。優しさのバトンをつなぐことは、部員同士の関係も円満に保ちます。

常に自分たちで考えて行動できるのも、部員たちがいい意味でのライバル心を持ち人間的にも向上しているからだと思います。このクラブは、出会いによって認識したことをテーマに、小論文や作文を書くというすばらしい取り組みをしています。顧問の先生に何度も「ダメだし」され、涙を流しながら書き直していくのです。

その努力の結果が、作文コンクールでの上位入賞や、彼らの物の見方、考え方の鋭さとして表れていると思います。「書く」ことを意識して人の話を聴くことで、より集中して聴こう、聴きたいという気持ちがわくのでしょう。それは語る側にも伝わり、出会いがより深くつながる要因にもなるのです。

人に喜びを与えられる人は、相手の話をしっかり聴くこと、聴き上手であることが必要ですが、彼らはヒューマンライツ部で、その基本を学んでいるのだと思います。

小論文の書き方は中学一年生のときから学ぶのですが、多くの体験をふまえて書くのですから、より成果が上がるのでしょう。

核廃絶署名活動の取り組みでは、ヒロシマ・ナガサキの被ばくの実態を知り戦争の歴史を学び、実際に被ばく者から話を聞くことを通して、活動の意義を深く学びます。

また、国立ハンセン病療養所長島愛生園《あいせいえん》に何度も足を運び、ハンセン病についての歴史や背景を学び熟考し、小論文や作文にまとめます。ハンセン病回復者の金泰九《キムテグ》さんとの交流は、部員が代替わりした今も続けています。

盈進中高ヒューマンライツ部と長島愛生園の金泰九さん（中央）を訪ねる（延和聰さん提供）

先輩たちから受け継いだ交流の輪を、後輩たちは決して絶やしません。絶えるどころか、二〇一三年には、中学一年生の後藤泉稀《みずき》さんが、長島愛生園で半世紀以上苦難の人生を歩まれた金泰九さんから学んだことを、作文「NO！と言える強い心をもつ―ハンセン病問題から学んだこと」に書き、法務大臣賞を受賞しました。

二〇一五年の春にはその作文をもとに映画「こんにちは金泰九さん～ハンセン病問題から学んだこと」（映学社）が製作されました。盈進中高ヒューマンライツ部と金泰九さんの交流の様子を通して、ハンセン病問題を考える内容です。

顧問の延先生は大学時代からハンセン病

問題の研究を続けられているので、この映画のシナリオは、先生の厳しいチェックが入ったものと思われます。すばらしい内容のドキュメンタリー映画でした。

ヒューマンライツ部のかわいい子どもたちが、スクリーンに映し出され、後藤泉稀さんが、自分の作文を朗読するシーンも、感慨深く拝見しました。私は彼らと出会って三年になりますが、交流を通して充実感や感動をたくさんいただきました。

二〇一四年は核拡散防止条約（NPT）再検討会議の第三回準備委員会に、高校生八名がニューヨーク国連本部へ派遣されました。そのうちの二名が盈進高校ヒューマンライツ部の箱田麻実《まみ》さんと小川千尋さんでした。

私はその情報を顧問の延先生からお聞きしてたいへん感動し、彼女たちを心から祝福しました。しかし、その後、もっと感動的なことを彼女たちがもたらしてくれました。

「このたび国連へ派遣されることになりました。そこでお願いがあるのですが、貴光さんと一緒に行きたいので、写真をお借りできないでしょうか？」と麻実さんと千尋さんが電話してくれたのでした。私は驚きと喜びと切なさで、一瞬言葉にならない思いでした。

二人の年齢は、奇しくも貴光が国連職員になることを決意したころの年齢です。私は感動の涙が溢れました。

まるで貴光が、生きてこの世で国連に同行するかのような場面に遭遇したような気持ちでした。

あれほど、世界平和に向けて使命感を持って勉強し一生懸命生きていた者が、ニューヨーク国連本部のビルさえ見ることができなかったことを思うと、かわいそうでたまりませんでしたが、今ここに、一緒に行きたいと言ってくれる高校生がいるのです。貴光の無念、私の悲しみを、彼女たちに背負わせるのは忍びないのですが、感謝の念とともに、遺影を託しました。

彼女たちの腕に抱かれた貴光の遺影が物言いたげな表情に見えました。きっと、心躍らせているのではないかと想像する私の心もまた、奮《ふる》えていました。

こうして貴光は、無念の死から一九年目に、国連本部の会議場に入ることができたのです。彼女たちが帰国した後も、彼の遺影は、そのままヒューマンライツ部の一員として研究室に居座っています。

また、同じく二〇一四年には、当時中学二年生だった国清彩《くにきよさや》さんが私たち母子をテーマに書いた作文「寄り添いのあり方〜『お母さん』の教え」が、全国中学生人権作文コンテスト広島県大会で最優秀賞を受賞しました。

延先生からこの報告があったとき、私は自分の耳を疑うほど驚きました。貴光の死は無念で悲しいことですが、死によってすべて葬り去られたわけではありませんでした。貴光と私のことが次代を生きる若い子どもたちの役に立てたことは、たいへんうれしいことでした。

受賞後、広島のクレドホールで表彰式があったり、新聞に全文が大々的に掲載されたり、広島ＦＭ放送に出演して彩さん本人が朗読したり、喜びが次々と舞い込んできました。

二〇一五年三月に、私も広島ＦＭのスタジオに駆けつけましたが、初めて会ったスタッフの方がたや広島法務局の職員の方は、彩さんの書いた内容を把握されており、自己紹介の必要もなく親しみを込めて迎えていただきました。

ありがたくすばらしい時間を共有させていただき、貴光がこの世で生かされていることを実感しました。、盈進中高ヒューマンライツ部と出会ったことで、私の周りで次々と奇跡が起こり、私の心を支配していた息子の死へのわだかまりが、少しずつ溶けていくのを感じています。

二〇一四年、盈進中学三年生だった髙橋和《あい》さんは、「第五四回国際理解・国際協力のための全国中学生作文コンテスト」で、特賞の外務大臣賞を受賞しました。「東日本大震災の経験を踏まえ、日本が国連で果たすべき役割」と題された文章は、感性豊かな彼女が広い視野で学びとらえたすばらしい内容でした。

顧問の延和聰先生の、世界を視野に入れた広く深い教えは、多感な中高生ならではの思考でとらえられ、大人にはできない柔軟な発想を展開しています。

髙橋和さんは、二〇一五年三月に、副賞としてニューヨーク国連本部の視察研修へ派遣されました。

そして、同年四月には、核拡散防止条約（ＮＰＴ）再検討会議に、昨年に続き盈進高校から二名が選ばれ、国連本部へ派遣されました。ヒューマンライツ部高校一年生の作原愛理《さくはらあいり》さんと高校三年生で生徒会執行部の坂本知彦君でした。

国連本部で彼らは英語のプレゼンを行いましたが、その壇上には、昨年同様、貴光の遺影が置かれていました。作原愛理さんは、「貴光さんが優しい眼差しで見守ってくださっていたので、途中から平常心でスピーチできました」と言ってほほ笑んでくれました。プレゼン会場や本会議場の数々を写真に収めて帰国し送ってくれましたが、どこへ行くにも愛理さんの腕の中で貴光の遺影が光っていました。

プレゼンの後で、広島市平和文化センターの小溝泰義理事長から質問を受けたそうです。「壇上の写真について説明していただけますか？」と。

実は、小溝理事長は前年度の派遣生から報告文を読まれており、貴光と盈進中高ヒューマンライツ部との関係はご存じでした。小溝さんの計らいで貴光のことを各国の聴衆に説明するための質問だったと思います。

帰国後、広島で開催されたフォーラムの会場で、延先生から小溝理事長を紹介していただいたとき、「息子さんのことは、しっかり胸に刻んでおります。すばらしい青年でしたね」とご自身の胸に右手を当てて、優しく言葉をかけてくださいました。真っ直ぐな視線に、心洗われる思いでした。

二〇一五年、貴光は、三月、四月と連続渡米しました。それもすべて、盈進中高ヒューマンライツ部の延先生との出会いから広がり、代々のクラブ生と交流を深め絆が強く結ばれた結果起こった奇跡でした。

私は息子を亡くしてから、人をうらやみ、生きて成長する人たちに嫉妬心がわくなど、苦しい日々でした。人の幸せを心から喜べない暗黒の世界にいました。

しかし、それではいけないと諭す自分との葛藤の連続だった私の心に雪解けを感じさせてくれたのは、代替わりしてもより強くつながってくれる、ヒューマンライツ部の生徒たちの大きな愛の存在でした。

さらに雪解けに拍車がかかったのは、延先生の提案による、国立ハンセン病療養所長島愛生園での合宿でした。

私は還暦を過ぎるまで、ハンセン病問題について詳しく学んでいませんでした。学ぼうとしなかったというほうが正解かもしれません。ハンセン病はらい病と呼ばれ、恐れられていました。今では完治する病気ですが、偏見や差別は、今の時代でもくすぶっています。

幼くして発病した子どもたちは、親きょうだいにまで見放され、二度と故郷に帰ることはできません。それがどれほどひどいことであるか、私は長島愛生園を初めて訪ね歴史を知るたびに、無関心であった自分を恥じ、後悔しました。

それは、阪神・淡路大震災で、自分の命より大切だった息子の命を失って、他者の無関心がつらいことを知ったからでした。

ハンセン病と診断された女性は子どもを身ごもると強制的に堕胎させられ、男性は断種の処置をされたと聞きました。療養所の敷地内には、水子供養塔が建立され、お花が手向けてありました。

大切な我が子の命を強制的に奪われる親の気持ちはいかばかりかと考えるだけでも身震いしました。

延先生は、ハンセン病回復者で、今も長島愛生園で暮らしておられる金泰九さんと会わせてくださいました。「金さん、こちらの方は、阪神・淡路大震災で大学生だった一人息子さんを亡くされた加藤さんとおっしゃる方です」と紹介してくださいました。

すると、金さんは、私の手を精いっぱい力を込めて握りしめてくださいました。指のない冷たい手で一生懸命私の悲しみを包もうとしてくださる金さんの優しさに涙をこぼしてしまいました。

金さんがかけてくださった心からの言葉にむせび泣き、私は金さんや他の回復者の方がたに心の中で詫びました。

「子どもさんを亡くされた……おぉ……それは悲しい。悲しいなぁ……」と握った手に力を込めてくださいました。優しい気持ちがじーんと伝わってきました。

子どもを亡くして悲しいのは、子どもがいたから。子どものいとしさ、大切さを知ったから亡くすことが悲しく恐ろしいことだと分かった。しかし、金さんは亡くす悲しみさえ与えられなかった。それなのに、私の悲しみを受け入れてくださった。私は自分の心の未熟さ、愚かさに気づかされたのでした。

金さんの思いに恥じない自分でありたい。私は、貴光が亡くなってからそのときまで消すに消せなかった自分の負の心と決別できたような気がしました。それは、金さんとお会いしただけでは無理だったかもしれません。

これまで、多くの出会いをいただき、多くの愛でボディーブローを受けていたからではないかと思います。

なかでも盈進中高ヒューマンライツ部のかわいい子どもたちから受けた連続パンチで、負の心はダウン寸前だったのだと思います。

荒れた大地を豊かな農地に戻すには、諦めることなく時間をかけ、その土に適合する肥料を施す多くの人の手と、大地を愛する心なくしては取り戻せないことを知りました。

今も私の耳にかわいい子どもたちの声が聞こえてきます。

「りつこおかあさ〜〜〜ん！」

新たな居場所――広島と福島を結ぶ会

誰もが持っている安息の場所。

それがどこであるかは、人それぞれに違いはあるでしょうが、私の安息の場はわが家でした。

しかし、我が子を突然失ってからは、わが家は安息の場ではありませんでした。家に帰るとつらさが増して落ち着かないのです。

周囲から聞こえてくる物音を昔と変わらぬ日常の音として感じるだけで悲しみは増しました。私の心は病んでいきました。

私を気遣い電話してくる実家の母の言葉に反発し、受話器片手に声を荒げることもありました。母という立場に嫉妬していたのです。

しかし、一歩外に出るとすべてを受け入れ、平常心を保とうと努めるのでした。心の中は、二つの心が裏表になって葛藤していたにもかかわらず、「いい人」だけを表に見せなければならない苦しみに、心は「疲労骨折」状態になっていきました。それはそれは苦しい日々で、心の休まる日は一日もありませんでした。

そんなある日、私は自分の中に溜まったストレスのはけ口が母だったことに気づきました。誰にも言うことのできない言葉を母だけには言えました。母は私の言葉を受け、根に持つこともなく許してくれたのです。私の毒のはけ口になってくれていた母のおかげで、私は心のバランスをかろうじて保っていたのだと気づいたとき、申し訳ない気持ちでいっぱいになりました。

なぜ、私の心に灯がともり始めたのか、決定的なものはないような気もしますが、一番大切だと思われるのは、自分の存在が誰かに喜ばれることでした。

しかし、何かのお役に立てているときは一瞬前に一歩を踏み出せるのですが、通り過ぎればまた元の位置まで後退してしまうのでした。こうして一進一退を繰り返しながら生きる日々でした。

音楽家のマサ君と出会って一年後に、ある人の紹介で、NPO法人HPS国際ボランティアという団体を知りました。

その団体は年に一度、平和の集いというイベントを開催していました。二〇〇九年のイベントに、マサ君が出演することになり、彼に代わって、私が準備委員会に出席することになりました。

その席で、準備委員会のサポートをされていた内藤達郎《たつろう》さんと出会いました。

その出会いから三年後に「広島と福島を結ぶ会」を立ち上げるきっかけを作ってくださる人になろうとは、思いもよらないことでした。

第一印象は無口で無愛想な人でしたが、仕事のできる人でした。会の記録や会議の進行をてきぱきと進められていました。

私は、会議のたびに出席し、チケットの販売を手伝ったりしました。そのうちに、内藤さんと親しく話せるようになりましたが、親しくなると、無口ではなくお話大好きな人でした。

チャレンジ精神の旺盛な方で、年齢を感じさせない機敏さと優れた記憶力の持ち主でした。また三歳のときに被ばくされた方でもあり、平和公園の碑巡り講師など平和活動にも携わっている方でした。

内藤さんとの出会いから二年後の二〇一一年に東日本大震災が発生しました。息子を亡くして一六年目でした。私はここに至るまでに、多くの出合いを重ね、そのなかで起こる不思議な出来事に感動することで一歩前に踏み出すことができましたが、この震災は私の心の傷口を再びこじ開けました。

被災された人びとはどうされているか。私はどこの被災地へつながるのか。何ができるのか。広域にわたる未曾有の大災害に苦悩していたころ、中尾記者との出会いがあり、二〇一二年三月に盈進中高ヒューマンライツ部と出会ったのでした。

そして中尾記者は志願して福島県いわき市へ赴任されたのです。

私はそのとき「福島」とつながることを予感しました。また盈進中高ヒューマンライツ部は、震災直後の福島へ行き、広島で入市被ばくされ郷里福島に帰られて二重被ばくされた大内佐市さんを訪ね、交流が始まっていました。

私は、内藤さんに相談しました。

「良い映画を上映したり、これまで出会った音楽家のコンサートを広島で行い、収益金を被災地へ送るということができればいいなと思っているのですが、どうしたら主催できるのでしょうか」と。

「会を立ち上げればいいんですよ。もしそうするのであれば、ぼくが会の規約作りや諸々の書類を作っておくから、会の名称を考えておくことと、会員を五、六人集めて」。そう言って内藤さんは着々と会の立ち上げに向けて準備を始められました。

私は早速、いわき市へ赴任された毎日新聞社の中尾さんに相談し、私たちの交流支援先を、いわき海星高校と決定しました。

また、会の名称については、シンプルで分かりやすくしたかったので、「広島と福島を結ぶ会」としました。支援するという気持ちより、私たちだけでなく、多くの方がたと心が結ばれますようにという思いを優先して「結ぶ」としたのです。

二〇一二年には多くの出会いがありました。

全国各地で「命の授業」の講演をされている腰塚《こしづか》勇人《はやと》さんとの出会いが後にすばらしい人たちとの出会いをつないでくださり、大きな力になりました。

「広島の友人たちを紹介するので、一緒に食事しませんか」という腰塚さんのお誘いを受けて出会った人たちが、現在、当会の主力メンバーとなって共に歩んでくれている小田聡《さとる》・真実さん夫妻、住田優子さんなのです。そして、赤井田《あかいだ》圭基《けいき》・小百合さん夫妻、内藤達郎さん、大谷尚子《ひさこ》（私の妹）、加藤りつこ。

この八名に賛助会員として、盈進中高ヒューマンライツ部の卒業生で、広島の大学に進学した、古志有沙《こしありさ》さんと小川千尋さん。

代表を務めている私は何もできない戦力外人間です。しかし、他のメンバーはみんなそ

いわき海星高校・チームじゃんがら（広島と福島を結ぶ会の取り組み、2015 年、同会・内藤達郎さん提供）

れぞれスペシャリストの集団です。

それぞれニックネームで呼びあう、和気あいあいとしたファミリーのような会です。福島の方がたと愛を分かち合いたいと思う純粋な気持ちを失わないこのメンバーとともに生きられることをたいへん幸せに思います。そしてたいへん誇りに思っています。

私は、この会のおかげで、確実に心の復活を感じています。

①私たちが開催するイベントで出演者が喜んでくださる。

②お客様としてチケットを買ってくださった方がたも、無名の出演者の才能に感動してくださったり、チケットを購入することが支援につながることに意味を見い出し喜ん

でくださる。

③収益金全額を被災地のためにお送りしたり、被災者の方がたを広島へお招きすることで、皆さんが喜びを生きる糧にしてくださる。

④その三者の喜びが私たちの喜びとなる。

私たちが関わるすべての人びとが喜びを感じて共に生きられることがメンバーの願いなのです。

そして、生きることがつらかった私の心のよりどころとなった「広島と福島を結ぶ会」が誠実に活動を続けることで、多くの支援者ができました。それが、私の屈折した心を正してくれる大きな力となっています。

今私は、心から、他者の幸せを願い、その幸せを喜びとして生きられるようになりました。人をうらやまないで生きることがこんなに幸せだと知ることができたのも、これまで出会ったすべての方がたのおかげだと感謝しています。

心の居場所を作ってくれたメンバーとともに、これからも、みんなが喜びあえる活動を継続できることを願っています。

あとがき

ＲＣＣラジオ（中国放送）で放送されていた「びしびしばしばしらんらんラジオ」（一九八七年〜一九九八年）という長寿番組がありました。当時、若者に大フィーバーしたこの番組は、一文字弥太郎さんが構成とパーソナリティーをされ、貴光も一文字さんの大ファンで熱心なリスナーでした。

その企画のひとつに「高校生生徒会長対抗トーナメントクイズ大会」があり、貴光は安古市高校の代表として、第四回目のトーナメントクイズ大会に挑戦しました。一九九〇年一一月〜一九九一年二月にかけての出場で最終まで勝ち抜き優勝しました。

あれから二三年後の昨年、一文字さんと私は不思議な巡り合わせで出会いました。

本文で述べた広島テレビ放送の徳永博充記者の後輩に当たり二〇〇六年（震災から一一年目）に私を取材してくださった岡田純一郎さんが、一文字さんと大親友だったのです。

昨年お二人が会われた席で、岡田さんが私のことを話題にし、貴光のことを話されたようです。一文字さんは、「彼のこと知ってるよ〜！」とたいへん驚かれたそうです。

そして二〇一五年の一月一七日、阪神・淡路大震災から二〇年目にRCCラジオ「一文字弥太郎の週末ナチュラリスト 朝ナマ！」で四時間の特集を組んでくださいました。私は神戸三宮の東遊園地で、阪神・淡路大震災二〇年の希望の灯り追悼集会に参加していたため、電話での出演となりました。

その番組には衝撃のサプライズが用意されていました。一文字さんは二四年前のクイズ大会決勝戦の音源を資料庫から探し出し、番組で貴光の声を流してくださったのです。高校二年生のあの子の声を聴きました。優勝の瞬間の声は、彼が生きていた証しです。会いたくてたまらなかった貴光の声への懐かしさ、愛しさに心は奮え涙なみだの時間でした。そしてこの番組は、「日本民間連盟賞・中四国地区ラジオ部門審査会」で高い評価を得て優秀賞を受賞しました。

貴光が一文字さんとの出会いの種をまいて二四年後にその小さな種が発芽し花を咲かせました。長い時をかけ培養され熟成された出会いで、私は温かい心を取り戻しました。

また、二〇一二年四月に設立した「広島と福島を結ぶ会」は、私に未来を与えてくれました。本当の家族のような温もりと志を一つにできる仲間でスクラムを組める心地よさは、私の終《つい》の棲家《すみか》のような存在となりました。

本会発足三年目の二〇一五年八月八日～一一日に交流支援先である福島県立いわき海星高校のチームじゃんがらの皆さん二一名を広島に迎え、盈進中高ヒューマンライツ部、沖縄尚学《しょうがく》高校地域研究部の三校との交流会を開催しました。チームじゃんがらの皆さんには被ばく七〇年の広島市平和公園と、土砂災害一年目の広島市安佐南区八木ヶ丘を訪ね「じゃんがら念仏踊り」の慰霊の舞いで供養していただきました。

津波や原発事故により今もなお避難生活の中で不安を抱えている生徒もいました。彼らが広島の温もりを感じてくださることを願い、精いっぱいの気持ちを込めて交流できたことで私たちの心は高ぶり、熱い気持ちで閉会することができました。

ところが彼らを見送った翌日、実家の母が急死していたのを発見。奇しくもチームじゃんがらを広島駅で迎えていた時間が死亡推定時刻でした。あまりの衝撃で思考も感情も硬直状態でした。私にとって大切な四日間、母は誰にも発見されることなく独りでじっと終わるのを待っていてくれたかのような最期でした。

あまりにも突然の別れに後悔と悲しみは深く心は傷ついたままですが、私が前向きに生きられるようになったことを誰よりも喜んでくれた母の最期の応援だったような気もします。母の愛の深さに応えられるよう悔いのない人生を送りたいと思います。

出版にあたり水面下で着々と根回ししてくださった小田聡さん、真実さんご夫妻や、執筆をお断りする私を諦めることなく説得し続け、解放出版社へつないでくださった盈進中高ヒューマンライツ部顧問の延和聰教頭先生の励ましにより、何とか書き上げることができました。ありがとうございました。

また、本のカバーに使わせていただいた原画は、盈進高校一年生の髙橋和《あい》さんが、中学三年生の時、クラブの先輩が国連派遣に選ばれ貴光の遺影を抱いて渡米したことに感動し描かれたものです。この絵をカバーに使わせていただきたいという私の希望を快諾してくださった髙橋和さん、その絵をすばらしいカバーに仕上げてくださったデザイナーの森本良成さん、解放出版社の尾上《おのえ》年秀さんに心から感謝申し上げます。

最後に、遠くから応援してくださった多くの方々、執筆に際し適切なアドバイスをくれた姪《めい》の大谷真由に心から感謝いたします。

加藤りつこ

加藤りつこ
1995年1月17日未明に発生した阪神・淡路大震災で、一人息子（当時神戸大学法学部2年、21歳）を亡くす。

生きる気力を失い、茫然自失の日々をさまようなかで、息子が大学入学時に母親宛てに書いた手紙が、彼の死後マスコミで紹介され全国で反響をよぶ。

各方面からの依頼で講演活動が始まる。

また、その手紙と偶然に出合って衝撃を受け手紙に曲をつけた音楽家・奥野勝利さんと2008年に出会い、今では彼と2人のコンサートと語りのジョイントも行っている。

2012年4月、「広島と福島を結ぶ会」を設立し代表となる。

東日本大震災で被災した人々や、原発事故で今もなお傷つき苦しみを抱えて生きている福島の方々と交流しながら支援を続けている。

希望ふたたび　阪神・淡路大震災で逝った息子のただ1通の手紙から

2015年12月20日　第1版 第1刷発行

著　者　加藤りつこ ©
発　行　株式会社 解放出版社
552-0001 大阪市港区波除4-1-37 HRCビル3F
TEL 06-6581-8542　FAX 06-6581-8552
東京営業所　101-0051 千代田区神田神保町2-23 アセンド神保町3F
TEL 03-5213-4771　FAX 03-3230-1600
振替 00900-4-75417
ホームページ http://kaihou-s.com
装幀　森本良成
本文レイアウト　伊原秀夫
印刷・製本　モリモト印刷株式会社

ISBN978-4-7592-6769-3 C0036 NDC360 246P 19㎝
定価はカバーに表示しております。落丁・乱丁はおとりかえします。